북한 작가들의 철도 이야기 소설집 2

신의주에서 개성까지

북한 작가들의 철도 이야기 소설집 2

신의주에서 개성까지

초판 1쇄 인쇄 2021년 1월 7일
초판 1쇄 발행 2021년 1월 14일

지은이 | 장해성 이지명 도명학 김정애 설송아
펴낸이 | 서울대학교 통일평화연구원

펴낸곳 | 예옥
등록 | 2005년 12월 20일 제2005-64호

편집 | 방민호, 김민지
디자인 | 봄길

주소 | 서울시 서대문구 신촌로 1 쓰리알 유시티 606호
전화 | 02)325-4805
팩스 | 02)325-4806
이메일 | yeokpub@hanmail.net

ISBN 978-89-93241-73-0 (03810)

2020년도 서울대학교 통일평화연구원의 재원으로 통일기반구축사업의 지원을
받아 수행된 결과물임.

This research was part of the project "Laying the Groundwork for
Unification" funded by the Institute for Peace and Unification Studies
(IPUS) at Seoul National University.

북한 작가들의 철도 이야기 소설집 2

신의주에서 개성까지

장해성
이지명
도명학
김정애
설송아

방민호, 김민지 편

예옥

| 차례 |

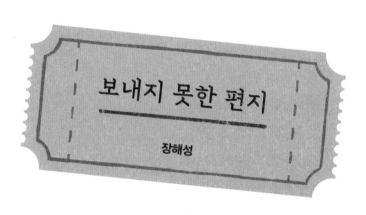

보내지 못한 편지

장해성

장해성

1945년 중국 길림성에서 태어났다. 1962년 북한으로 이동 후 1964년부터 8년 간 정부 호위총국에서 군복무를 했다. 1972년 김일성종합대학 철학과에 입학했고, 졸업 후 1976년부터 1996까지 '조선중앙방송'에서 정치교양국 기자 및 문예총국 작가로 근무했다. 1996년 5월, 한국에 입국해 국가안보통 일 정책연구소 연구위원, 국제PEN망명북한펜센터 이사장을 역임했다. 장편 소설로 『두만강』 『비운의 남자 장성택』이 있다. 북한 인권을 말하는 남북한 작가 공동 소설집 『단군릉 이야기』와 경원선을 주제로 한 소설집 『원산에서 철원까지』에 참여했다.

북에서 군대복무 할 때 있은 일이다.

중대는 천리 행군(북한군에서 겨울마다 하는 행군훈련)의 노정을 따라 깊은 산중 끝없는 수림 속을 걷고 있었다. 낙엽이 무릎까지 쳤다. 그래도 걸었다. 모두는 지칠 대로 지쳤다. 지도 좌표로 봐서는 함경남도 장진 부전쯤 되었을 것 같은데 며칠째 연속 행군하다 보니 쓰러지기 직전이었다. 그런데 마침 숙영준비 구령이 떨어졌다. 우리는 무거운 쌀자루 쓰러지듯 여기저기 쓰러졌다.

눈도 깜빡하기 싫었다. 하지만 숙영준비 하지 않을 수

없었다. 마침내 몸을 일으켰는데 멀지 않은 낙엽 무지 속에 반나마 묻혀 있는 웬 가방이 보이는 것이었다. 다 낡은 것이기는 하였지만 새것이라 하여도 초라하기 그지없는 북한산은 아니었다.

"아니 이 깊은 산 속에 웬 여자 가방이?" 거기서 제일 가까운 마을이라고 해도 180리 정도는 될 것이다. 그런데 이런 깊은 산 속에 웬 가방이?

다가가 가방을 열어보았다. 허름한 여자 옷가지 두어 가지와 편지 한 묶음이 있는 것이었다.

기억을 더듬어 그 편지 내용을 적으려 한다.

첫 편지

…복례야 너의 편지를 받았다. 받은지 여러 날이 되어서야 회답을 하는구나. 너는 편지에서 우리 아버지가 왜 철도성 높은 간부로 배치되어 얼마 되지도 않았는데 지방으로 혁명화 내려가게 되었는가 물었지?

바른대로 말하여 나도 아버지 일에 대해서는 잘 모른

다, 다만 아버지 일본에 있을 때 총련이 설립될 때부터 나라를 위해 몸과 마음 다 바쳐 일했고 또 총련이 설립된 다음에도 조국으로 돌아올 때까지 모든 것을 다하였던 것 등이 고려되어 귀국한 다음 철도성에 배치되었던 것만은 사실이야.

그런데 배치되어 얼마 되지도 않아 평양발 신의주 행 급행열차를 통과시킨다고 수령님이 탄 열차를 5분 지연시켰다는구나. 일본에서 같으면 당연한 일이겠지만 조국에서는 이런 일이 정치범 수용소 대상이 된다는 거야.

하지만 그래도 여러 가지가 고려되어 관대히 처리되었다는 것이 그렇게 되었어. 그만하면 다행이라는데 우리가 뭘 어떻게 하겠니.

우리가 간 곳은 ㄴ시 철도공장이였어.

거기서 아버지는 공장 운수 작업반에 배치되었고 나는 뜻밖에도 아버지가 다니는 철도공장 천정기중기 운전공이 되었구나.

ㄴ시 철도공장이라면 너두 잘 알겠지만 평양 철도 관리국 산하에 있는 공장으로 개성부터 신의주까지 서부지역 철도 모두를 관장하는 공장이라고 했어.

모르는 사람들은 도시가 너무 크지도 작지도 않고 또 바다가여서 경치도 좋을 것이라고 생각하겠지.

　　하지만 그건 전부가 아니야. 거기서 얼마 멀지 않은 곳에 엄청 큰 제련소가 있다 보니 그 연기가 어찌나 지독한지 사방 10리에 풀조차 제대로 돋지 못하는구나.

　　그래서 우리 공장 구내에서 일하는 사람들은 더 말할 것도 없고 공장 밖으로 오가는 사람들조차 모조리 뭔가 머리에 뒤집어쓰고 다녀야 하는 정도였어. 그렇지 않으면 제련소 굴뚝에서 나오는 공장연기 때문에 머리칼마저 노랗게 삭아버린다는 거야.

　　물론 아버지는 혁명화 내려갔으니 그쯤은 참고 견디어야 한다고 나한테는 말도 못 하게 하더구나.

　　그곳에도 우리처럼 일본에서 간 사람들이 꽤 많았다. 모두가 한 사람같이 속아서 왔다고 불평을 하였지만 그런다고 무슨 수가 있니.

　　먼저 왔던 사람들 중에는 그런 불평을 하다 쥐도 새도 모르게 잡혀 간 사람들도 적지 않다더구나. 그들이 어디로 갔는지는 아무도 모른대.

　　공장에는 우리 말고도 공장 확장 공사를 하면서 군대

에서 제대되어 온 사람들, 감옥에서 출소되어 나온 사람들, 실로 형형색색의 사람들로 여간만 붐비지 않았어, 자연히 집을 구하기가 하늘의 별 따기였지 뭐야.

우리도 집을 구하지 못해 물론 당분간이라고 하였지만 공장 합숙에 있게 되었어. 아버지와 내 남자 동생은 공장 남자 합숙에 들어가고 어머니와 나 그리고 내 아래 경자는 여자 합숙에 들어가게 되었지 뭐야.

그러니 갑자기 가족이 갈라져 살게 되었는데 그 고통이 또 얼마나 컸는지 넌 아마 모를 거야. 할 수 없이 아버지는 매일 일만 끝나면 공장 경리과에 가서 집을 해결해 달라고 졸랐지 뭐야 하지만 그때마다 조금만 기다리라고 하던 것이 여덟 달을 끌었구나.

그러던 어느 날 아버지가 또 경리과에 갔는데 거기 지도원이라는 사람이 은근히 하는 말이 뭐라 했는지 아니. 제대로 집이 나올 때까지 기다리자면 아직 얼마나 더 있어야 하는지 모른다. 하지만 아주 수가 없는 것은 아니다. 물론 아버지는 단번에 귀가 항아리만 해 겼지. 지도원이 하는 말이 한마디로 말하면 간부들한테 뇌물을 좀 고이면 알도리가 있다는 거였어.

일본에서 온 지도 그리 오래지 않으니 아직 그쯤한 건 크게 문제 될 것도 없지 않겠는가.

사실 말이지 일본에 있을 때에는 조국은 사회주의 나라이기 때문에 일체 뇌물행위는 없다고 그러지 않았니. 그런데 이건 뭐야. 뇌물행위로 말하면 오히려 조국이 자본주의 사회인 일본을 찜쪄먹게 더 하는구나.

우리가 청진에서 평양에 갈 때에만 해도 벌써 역전에서 짐을 부쳐 준다 하여 뭘 내라 또 도착해서는 여관에 그냥 있을 수 있는가 그저 가는 곳마다 뭘 내라는 것뿐이더구나. 그런데 이번에는 또 집을 받는데 뭘 내야 한다니 어떻게 해야 한다는 말이야.

심지어 조국이라는 데서 어떤 간부들은 자기들이 요구하는 것을 주지 못하겠다고 하면 뭐라는지 아니.

당신들은 조국에서 전쟁을 치르는 동안 일본에서 편안히 살다 오지 않았는가. 그러면 당연히 인사부터 차릴 줄 알아야지 그게 뭔가 큰소리까지 친다는 거야.

벌써 그런 일을 여러 번 겪고 난 아버지이지만 온 가족이 그대로 헤어져 살 수는 없어 또 굽어들 고 말았구나. 이번에도 일본에서 가지고 간 자전거를 내놓고야 말았어.

그런데 그게 어떤 집인지 아니? 그저 온 가족이 함께 모여 살 수 있는 방 한 칸이 전부인 집이었어. 그래도 그것도 집이라고 우리 온 가족이 얼마나 기뻐했는지 몰라. 아버지는 흥에 겨워 어디서 옥수수 짚을 얻어다가 둘러막아 부엌 같은 것을 만들고 어머니는 오래간만에 우리들에게 자기가 지은 음식을 해 먹인다고 들떠서 야단법석이었어.

정말 흥부네 집 같은 것이었지만 그래도 온 가족이 합쳐지니 한결 나은 것 같더구나.

하지만 직장 생활은 그렇지 못했어.

평양에서 고등의학전문학교까지 다니던 나는 정말 그런 것은 상상도 못했어. 처음 들어보는 남자들의 추잡한 농담은 듣기에도 기겁할 지경이었지만 직장으로 오갈 때마다 훑어보는 눈길들은 정말이지 얼마나 몸서리칠 지경인지 몰라. 꼭 늑대들 눈길 같더구나.

어떤 때에는 아버지 어머니는 왜 난 남달리 예쁘게 낳아가지고 이런 오욕을 겪게 하는가, 원망했던 적도 한두 번이 아니었어.

하지만 피할 수도 빠져나갈 수도 없는 일이었기에 그

저 모든 것에 습관 되려 입술을 깨물었을 뿐이야.

그러던 지난해 6월 14일이었구나.

그때 우리는 당 창건 기념일이라는 10월 10일까지 평양 개성 간, 평양 신의주 간 여객 열차 현대화에 모든 것을 집중한다고 얼마나 떠들었는지 몰라. 하지만 말이 좋아 현대화지 사실은 철도 자체가 해방 전 일제가 쓰던 것 거의 그대로인데 거기에 무슨 현대화가 있겠니.

바른대로 말해서 해방 전에는 오히려 서울부터 신의주까지 완전 복선이었대. 그래서 내려가는 차는 그냥 내려가고 올라가는 차는 그냥 올라가도 아무 탈도 없었다는 거야. 그런데 전쟁이 끝난 다음 단선으로 전환했으니 불편한 거야 더 말할 것도 없었지.

그러니 기껏 현대화한다는 것이 다 낡은 열차를 보수하는 게 전부였어. 다시 말해서 깨진 창문에 유리나 갈아 넣고 전등이나 교체하고 뭐 그런 게 전부였다고 해도 과언이 아니었단 말이야.

그날도 교대시간이 되어 일하러 나갔구나. 그런데 작업 반장에게 그 며칠 전부터 교체해 달라고 한 천정기중기 제동 띠를 여전히 바꾸지 않았더구나. 걱정되어 다시 얘

기했지 뭐야. 이러다 사고 나면 어떻게 하는가. 이번에는
바꿔주지 않으면 일하지 못하겠다. 하지만 작업반장은
전 교대도 견디었는데 괜찮을 거라면서 한 교대만 더 하
자고 하는 거 아니겠니. 사실 그때 난 더는 할 수 없다고
딱 잡아뗐어야 하는 건데 참…

　　나와 이야기하면서도 한쪽으로는 그 거슴츠레한 눈길
로 그냥 내 가슴만 훑어보는 그와 더 마주 서 있기 싫어
난 그대로 천정 기중기 운전실로 올라갔구나.

　　정말 그날은 꼭 바늘방석에 앉은 기분이었어. 그런대
로 겨우 일을 마쳤는데 운전 칸에서 내려오려 할 때였어,
작업반장이 뜻밖에도 수리 보냈던 산소분리기가 왔다고
부려야 하겠다는 거 아니겠니.

　　할 수 없이 다시 운전실에 들어가 고리를 걸기를 기다
려 들어 올리는데 절반쯤 올렸을 때였어. 갑자기 탁 둔중
한 소리가 들리면서 그 육중한 산소분리기 기우뚱하지
않겠어. 급히 제동을 밟았지 뭐야. 그러나 와이어로프가
바람같이 풀려나가더구나, 미처 어쩔 새도 없었어. 아무
리 제동을 밟았어도 어느새 벌써 쿵 소리와 함께 밑에서
먼지가 구름같이 피어 올라오더구나. 내려다볼 용기조차

없었어, 그대로 눈을 감고 말았구나.

얼마 후 떠드는 소리에 눈을 떠보니 사람은 다치지 않았지만 그 아래 있던 타닝반 두 대가 박살나고 말았다는 거야, 그리고 금방 수리해 왔다는 산소분리기는 아예 두 쪽으로 갈라져 버리고 말았고 말이야. 공장 적으로도 단 두 대밖에 없는 외국에서 수입한 산소분리기였어,

법적 책임을 피할 수 없다는 건 너무나도 뻔한 일 아니겠니.

즉시 사고 현장에 간부들이 나오고 공장 안전과에서도 나오고 그때까지 알지 못했던 숱한 사람들이 떼를 지어 몰려나오더구나. 난 맥이 풀려 운전실에서 나오지도 못했어.

사고가 있은 후 3일째 되는 날이었어. 작업반장이 저녁에 사고 심의가 있다고 나보고 참가해야 한다는 거야. 이미 예견하고 있던 일이라 올 것이 왔구나 생각밖에 없었어. 그런데 웬일인지 작업반장이 가지 않고 머뭇거리는 게 아니겠니.

왜 그러는가 싶어 의아해 쳐다봤더니 그가 하는 말이 내가 제동 띠를 교체해 달라는 말은 하지 않았던 거로 해

달라는 거야.

세상에 어떻게 그럴 수가 있니. 사실대로 말해서 난 이 일을 처음부터 혼자 책임질 생각을 하고 있었어, 하지만 그래도 그렇지 작업반장 본인이 어떻게 그런 말을 하는가 말이야.

원래 우리 작업반장은 총각도 아니야. 군대 복무하면서 강원도 어디선가 한 처녀와 관계를 맺어 아이까지 낳았다는 거야. 그리고 제대되어 우리 공장에 오자 또 다른 처녀와 결혼했지 뭐야, 그런데 강원도 그 여자가 아이까지 업고 찾아오니 자기는 그런 여자를 알지도 못한다고 내쫓았다는 거야.

그런 사람이 나한테는 또 얼마나 달콤한 소리를 많이 했는지 아니. 내가 끝까지 자기한테 곁을 주지 않으니 나중에는 나를 헐뜯는 온갖 풍문까지 만들어 돌리던 사람이야. 정말 생각 같아서는 그 사람의 모든 것을 다 불어버리고 싶었어.

하지만 그러면 그를 믿고 사는 그의 아내며 그한테서 태어난 자식들한테까지 어떤 화가 닥칠지 짐작이 가는데 어떻게 그렇게 하겠니. 억지로 분을 삼키고 사고 심의 회의장에 들어갔구나.

공장 당 비서, 지배인, 기사장, 공장 안전부장까지 모두 참가했더구나. 평소에는 얼굴조차 보기 힘들었던 사람들이야.

직장 간부들, 기술과 일군들은 더 말할 것도 없고 한 30명 정도는 잘 되는 것 같았어.

밉살스러운 우리 작업반장은 나한테서 두 자리 건너 앉아 있는데 얼굴이 꺼멓게 죽어 있더구나. 어떻게 보면 불쌍해 보이기도 하고 차마 마주 봐주지 못하겠더구나.

나도 겁이 났던 건 사실이야. 하지만 어차피 책임질 일이라 생각하니 오히려 마음이 차분해졌어.

먼저 직장장이 경과보고를 하더구나. 사고가 일어나던 시작부터 공장이 입은 손실까지 구체적으로 보고하고 이 문제는 공장이 10월10일까지 추진하고 있는 평양-개성, 평양-신의주 철도 현대화 사업에도 큰 문제를 일으켰다고 마무리하더구나.

누구도 말하는 사람이 없었어. 하긴 무슨 말을 하겠니? 직장장이 보고에서 벌써 법적 책임을 묻지 않을 수 없게 되었다고 했으면 그건 이미 뒤에서 그렇게 하기로 결정하였다는 얘긴데 말이야.

공장안전부장이(공장 담당 경찰서장) 입을 열더구나.

"어 여기 그 기중기 운전공 왔어?" 당연히 온 것을 알고 묻은 말이겠지. 이제 자기가 잡아가야 할 사람이 누구인지 선볼 때가 됐다는 말같이 들리었어. 직장장이 일어서라고 해서 일어섰어. 순간 여러 사람이 눈길이 단번에 나한테 쏠리더구나.

어차피 각오한 일이기는 하지만 왜인지 갑자기 눈물이 쏟아지는 게 아니겠니. 남들이 볼 것 같아 얼른 머리를 숙였어.

"이쪽 앞으로 나와" 그래서 나갔어.

"응? 동무가 기중기 운전공이야?" 주석단 가운데 앉았던 당 비서가 약간 몸을 비틀며 하는 말이었어.

"예 사고를 낸 바로 당사자입니다." 옆에 앉았던 기사장이 얼른 당 비서 쪽으로 얼굴을 돌리며 말하는 거였어.

"사고를 낸 당사자라? 아주 곱게 생긴 동무구만, 아니 이런 동무가 우리 공장에 있었다는 말인가?" 당 비서 믿어지지 않는 듯 계속 내 쪽을 보면서 말하는 거 아니겠니.

"예 8~9개월 전 아버지가 철도부에 있다가 사고를 내고 우리공장에 혁명화 내려왔습니다."

"아 그 수령님의 탄 차까지 5분 연착시켰다는 그 사람의 딸?"

"예 그렇습니다."

"글쎄 그러면 그렇겠지, 내 어쩐지 처음 보는 것 같다했더니, 내 한 가지 물어보자고. 동문 평소에 설비점검을 잘 하지 않으면 그런 큰 사고가 날 수 있다는 걸 알았어? 몰랐어?" 갑자기 작업반장이 얼굴이 굳어지는 게 보이더구나. 아니 작업반장은 말할 것도 없고 바로 옆에 앉았던 직장 장까지 열심히 뛰던 발 그네를 딱 멈추는 거야. 결국 알고 보면 그도 내 막을 전혀 모르지는 않았던 모양이야.

"동무 말해 보라고 그래 그런 사고가 날 수 있으니 사전 설비 점검을 하게 해 달라고 누구보고 말했던 적이라도 없어?" 당 비서가 좀 전과는 달리 은근한 목소리로 다시 묻는 거야.

"예 그 사고가 일어나는 날에도 작업반장한테 설비점검을 해야겠다고 말했습니다." 말이 목구멍까지 올라오더구나.

하지만 내가 했던 말은 그게 아니었어. "없습니다. 모든 건 제가… 잘못했습니다.”

“당 비서 동지 더 물어볼 것도 없을 것 같습니다. 한마디로 자기 일에 대한 심한 무책임성이 그런 사고를 불러온 것 같습니다.” 공장 안전부장이 큼직한 사고 철을 접으면서 하는 말이었어. 어차피 국가 재산에 피해를 주고 공장 생산에도 큰 차질이 나게 했으니 법적 처리는 불가피하지 않겠는가 말인 것 같았어. 직장장이 다시 발을 떨기 시작하더구나.

말은 하지 않았지만 거기 참가한 다른 사람들도 그만했으면 이미 회의 결론은 이미 나오지 않았는가 하는 눈치였어.

“아니 가…가만! 동문 지금 몇 살이지?” 갑자기 당 비서가 묻은 말이었어.

“예? 예-에 올해 스믈 두… 스물 두 살 쯤 됐을 겁니다.” 직장장이 말귀를 알아듣지 못하고 있다가 서둘러 대답하더구나.

“스믈 두 살이라? 안전부장 동무 이 사건을 법대로 처리하면 몇 년이나 먹게 되오?” 나를 두고 하는 말이었어.

“글쎄 국가 재산에 큰 피해를 준 것도 사실이고 또 이제 10월10일까지 있게 될 평양 개성, 평양 신의주 철도 현대화에도 적지 않은 난관을 조성하게 됐으니 이 문제들을 참작한다면 의식적으로 한 일이 아니라고 하더라도 최소 7년? 8년? 그 정도는 되지 않겠습니까."

"뭐 7년, 8년? 흠 그렇게 감방에 들어가 있어야 한다는 말이지? 자 다른 동무들은 뭐 생각되는 게 없소?" 당 비서가 좌중을 둘러보며 말하더구나. 물론 누구도 대답하는 사람이 있을 리 없지, "동무네 참 답답들 하구만. 저 운전공 동무가 누구요? 동무네 입으로도 말했지, 얼마 전일본에서 귀국한 동무라고 말이야. 물론 큰 사고를 치고 국가에 적지 않은 피해를 기친 것도 사실이야. 하지만 동무네 생각 좀 해 보라고, 글쎄 저 동무는 일본에서 태어났겠지만 저 동무의 부모들은 나라를 잃고 살기 위해 일본까지 갔던 사람들이 아니오, 그런 사람들이 오늘 위대한 수령님의 크나큰 사랑으로 조국으로 돌아왔는데 그 자제가 사고를 좀 쳤다고 감옥까지 보내서야 되겠는가 말이요. 그렇기 때문에 위대한 수령님께서는 우리나라에서의 법은 같은 법이라 해도 혁명과 건설의 이익의 견지에서 유리한가, 유리하지 않은가 엄격히 따져보고 집행하라 하지 않았소, 한마디로 말해서 당과 혁명의 이익에 조금이라도 저촉되는 법이라면 그런 법은 우리한테 필요 없단 말이오."

난 그때까지도 당 비서 무엇 때문에 그런 말을 하는지 잘 몰랐어.

"…아니 저 동무가 일본에서 온 귀국자가 아니라고 해도 그렇지, 여기 있는 동무들한테는 저런 딸도 없소? 바꿔 놓고 말해서 동무네 딸이 어디 가서 사고를 좀 쳤다고 감옥에 보내진다면 동무네는 어떻겠소? 정말 가슴이 아픕니다. 그런 걸 생각하지 못하고 사람문제를 되는대로 처리하려 드는 동무들이 한심해서 가슴이 아프단 말입니다."

나는 끝내 참지 못하고 와락 눈물을 쏟고야 말았구나. 그때까지 당 비서란 사람을 회의장 같은 데서 몇 번 보기는 했지만 그렇게 뜨거운 마음을 가지고 있는 사람인 줄은 정말 생각도 못했어. 나는 마음속으로 부르짖었구나.

(당 비서 동지 정말 고맙습니다. 조국에 오니 듣는 소리마다 어머니 당이 어쩌고 해서 그게 오히려 거북했는데 이제는 그 의미를 똑똑히 알 것 같습니다.)

당 비서가 그렇게 나오자 지배인도 안전부장도 앞을

다투어 호의적으로 나오기 시작하더구나. 결국 내 문제는 주의를 주는 정도로 처리되고 말았어. 아니 그저 무사히 처리되기만 한 것이 아니라 이 사건이 오히려 나한테 큰 행운까지 가져다주었지 뭐야. 아직 할 이야기는 많은데 출근할 시간이 다 되어 그만해야겠다. 그럼 다음 기회에 마저 이야기하기로 하고 오늘은 이만하자 안녕,

두 번째 편지

복례야 지난번 쓴 편지는 부치지도 못한 채 다시 책상에 마주 앉았구나. 아무래도 이 편지와 함께 보내야 할 것 같다.

아무튼 그 일이 있고 나서 나는 직장까지 옮기게 되었어.

우리 당 비서 동지가 동력직장 천정기중기 운전공은 일이 힘하기 때문에 내 몸에 맞지 않다고 날 공장 검사부로 자리를 옮겨줬어.

너는 잘 모르겠지만 사실 공장에서 검사부라고 하면 전문대학을 졸업한 사람도 쉽게 가지 못하는 자리였어.

작업반들에서 아무리 열심히 하여도 검사부에서 검사 도장을 찍어주지 않으면 실적으로 잡아주지 않는 거야. 그러면 결국 노임 같은 것도 줄어들 수밖에 없고 분기 말 상금 같은 건 아예 생각지도 못하게 되는 거지. 그 때문에 작업반장. 직장 장 같은 사람들도 우리를 함부로 대할 수 없는 건 더 말할 것도 없고 말이야.

사람의 처지가 어떻게 이렇게 갑자기 달라지니? 그 일이 있고 나서 나는 어떤 일이 있어도 당의 크나큰 기대와 신임에 꼭 보답하여야겠다 생각뿐이었어..

낮에는 사무실과 현장을 뛰어다니며 일하고 밤이면 또 밤마다 공장 야간 대학에 나가 전문지식을 배우려 공부했지. 그래도 힘든 줄을 모르겠더구나.

그때 우리 검사부에는 세 명의 여자들이 있었어. 금숙이라는 함흥 화학 공업대학을 졸업한 언니, 또 경옥이라는 김책공업대학을 졸업한 언니, 그리고 나 셋이었단 말이야. 여기서 처녀는 나와 경옥 언니였어. 경옥 언니는 나보다 한두 살 위였는데 무척 복스럽게 생겼지 뭐야. 하지만 경옥언니는 무엇 때문인지 늘 수심에 잠겨 있었고 누구도 자기한테 말을 거는 걸 싫어했어. 그래서 나는 오히려 금숙 언니와 더 가깝게 지냈구나.

당 비서는 내가 검사부에 옮겨온 다음에도 가끔씩 우리 부서에 들려 부장한테 무슨 사업에 대한 이야기도 물어보고 때로는 우리한테도 이말 저말 건네기도 했지 뭐야. 그리고 또 때로는 문건 정리 같은 조그만한 일거리도 가지고 와서 맡기기도 했어. 후에야 안 일이지만 어쨌든 그렇게 당 비서가 왔다간 날에는 꼭 경옥이가 어디론가 사라지군 하더구나.

그러던 어느 날이었어. 퇴근시간이 다 되었는데 부장이 전화를 받더니 당 비서가 나를 찾으니 가보라는 거야. 또 무슨 맡길 일거리라도 있는 모양이구나 별생각 없이 일어섰어. 바로 그때야.

"호호 순영이 너도 이제 금방 입당도 하고 출세하겠구나," 퇴근준비를 하던 금숙 언니가 웃으며 말하는 거 아니겠니.

"네 입당이라니요?" 난 사실 그때까지 아직 입당 같은 건 생각해 본 적도 없어.

"아니 왜, 순영이도 입당하면 좋지 않니?" 금숙 언니는 여전히 눈가에 알 수 없는 웃음을 지으면 말하는 거 아니겠니.

"아 거 무슨 쓸데없는 소릴 하는 거야, 어서 가봐" 부장이 저쪽에 앉았다고 한마디 하더구나.

어쨌든 무슨 뜻 있는 말 같은데 기분은 썩 좋지 않았어.

아무튼 그렇게 사무실을 나서는데 뜻밖에도 경옥 언니가 들어오다 나를 보고 깜짝 놀라는 게 아니겠니. 그런데 왜 그런지 그의 얼굴이 유난히 빨갛게 익어 보이더구나.

(금숙 언니 한 말이 무슨 말일까? 나도 입당도 하고 출세도 하게 되다니?)

그때쯤에는 나도 조국에서는 무엇이든 하려면 먼저 입당부터 해야 한다는 것쯤은 알고 있었어. 하지만 어쨌든 그건 아직 나와는 거리가 먼 일로 생각했지.

우리 공장 당위원회는 공장 정문으로 들어가면서 왼쪽으로 보이는 커다란 3층 건물이었어.

그곳은 직접적인 생산 시설들과는 거리가 떨어져 있는 데다 나무들까지 많아서 공기도 여간만 좋지 않은 곳이야. 공장 정문 쪽으로는 퇴근하는 사람들이 구역구역 밀려 나오는 게 보이더구나. 당 비서의 방은 2층 가운데였어.

조심스레 노크하고 들어갔어. "응 왔어? 들어와."

역시 큰 기업소 당 비서의 방이다 보니 여간만 호화스러운 게 아니더구나. 작업반장 실, 직장장실 그리고 기사장실까지 가 보았지만 그에는 대비도 안 되었어. 푹신푹신한 소파에 선풍기까지 돌고 밖은 찌는 듯이 더운데도 서늘하기만 하더구나.

당 비서가 반갑게 맞아 주더구나.

"여기 와서 앉지" 맞은쪽에도 그리고 옆에도 의자가 많은데 꼭 자기 옆에 와 앉으라는 거야.

옹색한 생각이 들었지만 당 비서가 자꾸 그러니 가지 않을 수 없었어.

"그래 어때? 원래 동력직장에서 일하기보다 괜찮아?"

"네 좋습니다." 웬일인지 자꾸 얼굴이 달아올라 겨우 대답했구나.

"좋다? 그래 좋단 말이지? 사실 그 자리는 전문대학을 졸업한 사람도 함부로 들어 갈 수 없는 자리야 그건 알고 있겠지?"

"네 알고 있습니다." 크게 말하려 해도 웬지 목소리는 자꾸만 기어들어 가는 거야.

"그래 알아야 돼, 그리고 당의 두터운 신임에 보답할

줄도 알아야 하고 그런데 내가 알아보니 순영동무네는 지금 집도 한심한 곳에서 살고 있다고 하더라고?"

"네?" 집을 생각하면 먼저 창피한 생각부터 들었어.

"그래, 집 문제도 해결해 줘야지. 나라 없이 일본 땅에 가서 고생한 것만 해도 그런데 제 나라에 와서조차 그런 고생을 시킬 수는 없지. 아직 주택 사정이 매우 어려운 건 사실이야 하지만 마침 공장에서 짓고 있는 것도 있고 하니 내가 배정되도록 힘써보지" 나는 귀를 의심했어. 글쎄 사고 책임에서 벗어나게 해 준 것만 해도 고마운데 직장 문제에 이어 또 집 문제까지 걱정해 주니?

목이 메어 말이 나오지 않더구나. 그러고 보면 부엌이 없어 비오는 날이면 비를 그대로 맞으며 밥을 짓던 어머니 모습까지 떠올려지는 게 아니겠니.

"당에서 왜 동무에게 그렇게 관심을 가지는지 알아?"

"예?"

"그건 물론 동무가 곱게 생겼다는 것도 있지만 마음씨도 곱거니와 또 그보다는 말이 무겁기 때문이야. 내가 알아봤더니 지난번에 일어났던 사고는 기본적으로 동무 잘못도 아니더군. 작업반장 그 자식이 제가 잘 못 해 놓고는 겁이 나니까 말을 못 하게 했다면서?"

나는 그만 와락 그의 품에 안겨 애들처럼 울 뻔했어. 그 순간만큼은 정말 당의 뜨거운 사랑에 목이 메더구나.

"괜찮아 그건 다 몰랐을 때 일이고 이제부터는 내가 뒤에서 든든히 뒷받침해 주겠는데 무슨 걱정이야. 동문 그저 당에서 하라는 대로만 하면 돼, 알겠지?" 당 비서는 넌지시 내 어깨에 손을 올려놓으면서 말하는 것이었어.

"네" 감히 그 손을 치울 생각도 못 한 채 대답했구나.

"암 그래야지, 그래야 당에 입당할 수도 있고, 참 동문 애인이 있다고 했던가?"

"아니 아직까진…" 갑자기 얼굴에 모닥불을 쓴 것같이 확확 달아오르더구나.

"그렇다? 그럼 아직 숫처녀이겠네?" 당 비서는 더욱 바싹 다가앉으며 어깨에 얹은 손에 슬그머니 힘을 주어 자기 쪽으로 끌어당기는 것이었어.

"그런데 말이야 동문 참 살색도 하얗고 곱게 생겼단 말이야." 다른 손을 들어 내 얼굴을 쓸어 만지며 하는 말이었어. 나는 너무 당황하여 아무 말도 못 했어. 얼굴은 그대로 타는 것만 같고 가슴도 울렁거리다 못해 심장이 튀어나올 것 같더구나.

이제 금방 무슨 엄청난 일이 일어나겠구나 생각하면서도 벗어날 생각조차 못 했어. 그냥 떨고만 있었지.

"떨긴? 참 우리 순영이 가슴은 얼마나 예쁜가 좀 볼까." 얼굴을 쓸던 당 비서의 손이 가슴으로 내려왔어. 그리고 샤쯔 단추를 벗기기 시작하는 거야.

하나 둘. 이제 하나만 더 벗기면 가슴이 그대로 드러나고 마는 거야, 그런데 웬일인지 떨리기만 할 뿐 온몸의 힘이 빠져 아무것도 못하겠더구나.

바로 그때 문 두드리는 소리가 났어,

똑, 똑, 똑, 얼마간 사이를 두고 좀 더 크게 들리더구나 똑, 똑, 똑…

"젠장, 이 시간에 누가 왔어?" 당 비서 버럭 화를 내며 자세를 고치더구나.

나도 진정되지 않았지만 대충 수습을 했어.

"동무 말이야 이런 일도 제대로 못해서야 어떻게 하겠나. 아무튼 내일은 보고서 작성을 마저 끝내야 하겠으니 퇴근한 다음 와서 다시 해야겠어," 당 비서 언제 그런 일이 있었더냐 싶게 얼굴을 고치며 말하더구나.

나는 그저 빨리 벗어나야겠다는 생각뿐이었어.

기사장이 무슨 문건인지 두툼한 것을 안고 들어오더구나.

"참 동무네 아버지 말이야 나이 든 몸으로 운수부에서 일하더구만. 마침 노동자 정양소에 자리가 났으니 내일 그 문제도 토론해 보자고 알겠지?" "네 알겠어요." 나는 얼른 나오고 말았어.

밖에 나오니 보슬비가 내리더구나, 하지만 난 그것도 느끼지 못하고 걸었어. 십리 길 집으로 돌아오는데 빗물인지 눈물인지 가릴 수 없는 것이 끝없이 내리고 또 내리는 거야.

그런데 그렇게 집에 돌아오니 또 뜻하지 않은 불행이 생겨 나를 기다리고 있을 줄이야.

앞에서도 이야기하였지만 그때 우리 아버지는 공장 운수부에서 일하고 있었어. 운수부의 일이란 한마디로 말해서 화물자동차를 타고 다니면서 무거운 짐을 싣고 부리는 상하차공이야.

물론 우리 아버지 나이로서는 여간만 고된 일이 아니었어.

원래 그 일은 젊은 사람들이나 하는 것인데 아버지는 그래도 혁명화 내려 온 사람이 어떻게 이것저것 가리겠는가 하면서 그 일을 했지 뭐야. 그 며칠 전부터 아버지는 속이 좋지 않다면서 식사도 하는 둥 마는 둥 일하려 나가군 하셨어. 그날도 꼿꼿한 옥수수밥이었지만 어머니는 어떻게 하든지 몇 술 뜨게 하려고 정성을 다했는데 아버지는 그대로 물리고 나가셨어.

그날도 아버지는 거기서 얼마 멀지 않는 작은 기차역에 나가 무거운 철판을 자동차에 옮겨 싣는 작업을 하게 됐다는 거야.

일본 같으면 그런 일은 당연히 기중기로 하겠지만 우리 공장에서는 그런데 쓸 기중기는 없다고 모조리 인력으로 해결하지 뭐야. 결국 여덟 명이 힘을 합쳐 자동차에 발판을 깔고 철판을 밀어 올렸다는 거야. 그런데 그중 한 명이 미끄러지며 손에 잡았던 철판을 놓쳤다는구나. 그러니 적재함까지 거의 올렸던 철판이 갑자기 밀려 내려오는데 아버지는 미처 빠지지 못하고 거기 깔렸다는 거야.

내가 집에 들어서니 함께 일하던 사람들이 업고 왔다는데 아 그 모습이라고는.

아저씨들은 다리뼈만 부러졌을 뿐 별일이 없다고 하였지만 정말 너무나도 참혹하더구나.

피투성이 되어 맥없이 쓰러져 있는 아버지의 모습에서는 귀국할 때 공화국 기를 휘저으며 니가다 항을 떠나던 그 당당하던 아버지의 모습은 어디에서도 찾아볼 수 없더구나.

앙상한 갈비뼈며 피투성이 된 다리, 아직 60도 채 되지 않은 아버지인데 꼭 70 넘은 늙은이처럼 가엽기만 하더구나.

깔릴 때 어떻게 깔렸는지 얼굴까지 퉁퉁 부었는데 그래도 어머니는 그 곁에서 어떻게 하든지 미음이라도 먹여 보려고 애를 쓰셨지만 헛수고일 뿐이었어.

그걸 보노라니 내가 당할 뻔했던 일 같은 건 아무것도 아니었다는 생각이 들더구나,

밤새 아버지는 신음 소리를 내며 잠 못 드시다가 새벽에야 겨우 조금 잠이 드신 것 같아. 그걸 보고 일하러 나갔는데 나가고 보니 또 전날 당 비서가 하던 말이 생각나 마음이 편치 않는 게 아니겠니.

그렇게 자랑스럽게 느껴지던 검사부도 그날만은 감옥

같이만 느껴졌어. 오전이 다 가고 오후 퇴근 시간이 가까워지자 마음은 점점 더 무거워났어. 무슨 구실을 붙여 조퇴할까 생각도 해 보았지만 그렇게 되면 그날은 어떻게 피할 수 있을지 몰라도 다음날은, 또 그다음 날은 어떻게 한단 말이니.

그러다 보니 아침에 출근하면서 보고 온 아버지 모습이 떠오르더구나. 앙상한 팔다리며, 가느다란 숨소리, 그 몸으로도 가정을 이끌고 나가 보겠다고 자동차를 타고 다니며 무거운 일을 하시던 아버지 모습이 떠올라 눈물만 나더구나.

그때 문득 당 비서의 말이 생각나는 게 아니겠니.

"마침 노동자 정양소에 자리가 하나 났으니 내일 다시 토론해 보자구…" 이 생각 저 생각에 머리만 무거운데 어느 새 퇴근 시간이 되고 어김없이 당 비서의 전화가 오더구나. 문건 정리를 할 것이 있으니 나보고 오라는 거야. 차마 거절할 용기도 나지 않더구나.

그날은 마침 일요일이어서 우리 검사부를 제외한 거의 모든 부서들은 대체로 휴식이었어.

혹시 오전에 나왔던 사람들조차 오후에는 일찍이 들어

가고 공장은 대체로 물 뿌린 듯 조용하더구나.

아무도 없는 구내 길을 따라 당위원회 쪽으로 가자니 정말 마음만 무거워졌어.

어머, 내 정신 봐라. 우리 어머니 오늘 나보고 아버지 약 지어 오라고 했는데 깜빡했구나.

내 얼른 갔다 와야겠다. 그럼 다음에 다시 보자 안녕,

세 번째 편지

또 너한테 편지를 써놓고 부치지 못한 채 다시 책상에 마주 앉는다.

지금은 밤이다. 창문을 열고 내가 보니 별이 총총한데 내 일은 왜 이리도 안 되는 거니. 아무튼 지난번에 이어 계속 이야기하마.

그때 나는 아무도 없는 공장 구내 길을 따라 당위원회 쪽으로 가는데 정말 마음이 무거웠어. 당 위원회 정문 앞에서였어. 문득 들어서려고 하는데 안에서 한 사람이 달려나오는 게 아니겠니. 나와 함께 일하는 경옥 언니더구나.

"이제 두고 봐요. 거기도 내 꼴이 되지 않나." 말하다 말고 그대로 흐느끼며 달려가는데 내가 뭐라고 하겠니.

(아니 경옥 언니가 무슨 일로 여길?) 그 언니가 남겨 놓고 간 말이 그렇지 않아도 무거운 내 걸음을 천근만근으로 잡더구나.

나는 망설였어. 괴괴한 정적만 깃들어 있는 당 위원회 청사는 무덤 속에 들어가기 보다 더 싫은 거야. 당 비서의 그 징그러운(한때는 자애로운 아버지의 미소라고 생각했던 적도 있었지만) 웃는 모습도 떠올랐고 등을 어루만지다가 샤쯔 단추를 하나하나 벗기던 그 모든 것이 떠올랐어. 돌아설 생각도 해 보았어.

하지만 그러고 보면 다시 사고심의에서 구해주던 일이며 검사부로 직장을 옮겨주던 일, 그리고 가깝게는 아침에 보고 나온 아버지의 모습이 떠올라 그대로 돌아서지 못하겠더구나.

어떻게 생각해 보면 정말 다정한 아버지 같기도 하고 또 어떻게 생각해 보면 괴물같이 느껴지는 당 비서, 나는 끝내 돌아서지 못하고 말았구나.

방에 들어서자 기다리고 있었던 듯 당 비서는 능글맞

은 웃음을 짓고 나를 맞아 주더구나.

"참 이거 미안하게 됐구만. 나 오늘 일요일인 걸 잊고 일을 시키려고 했거든, 그래서 말인데 오늘은 쉬고 내일 와서 하지, 어때?" 당 비서는 다가와 내 등을 가볍게 두드리는 것이었어.

그 순간 그한테서 술 냄새가 물씬 나더구나. 하지만 그 날은 쉬고 다음 날 일하자는 소리에 온몸에 힘이 쑥 빠지는 것 같더구나. 그러니 결국 전날 생각은 다 잊고 그런 친아버지 같은 당 비서에 대해 얼마나 어이없는 생각을 했던지 돌이켜 보게 되는 거야.

"참 듣자 하니 어제 동무네 아버지 어제 일을 하다가 심하게 다쳤다면서? 내가 좀 더 일찍이 손을 썼어야 하는 건데, 아무튼 낫는 대로 정양소로 자리를 옮기게 해 주지" 나는 그대로 당 비서의 품에 안겨 울음을 터뜨릴 뻔했구나.

"당 비서 동지 고… 고맙습니다." 눈물을 보이기 싫어 얼른 머리를 숙여 인사하고 나오려 했어. 하지만 역시 그게 전부가 아니더구나.

"그럼 문건 정리는 내일 하기로 하고 가만 잠깐 저기

들어갔다가 가지" 당 비서가 벽에 붙은 큰 철궤 옆으로 가더니 곁에 있는 작은 문을 열고 안으로 들어가는 거야. 거기에 그런 문이 있는 건 알지도 못했어, 하지만 따라 들어가지 않을 수 없었어. 그러고 보니 또다시 불안이 고개를 쳐들기 시작하더구나.

들어가고 보니 거기에 자그마한 침실이 있었어.

두꺼운 비로드 창 가림이 무겁게 드리워져 있고 불그레한 전등불이 은은히 비추는 침대, 나는 굳어져 자리에 멈춰 섰어.

"왜 그러는 거야? 뭐 다르게 생각할 건 없어. 요즘 어떻게 된 건지 신경통이 다시 도지는 모양이야. 다릴 좀 주물러 줘." 당 비서 침대에 누우며 하는 말이었어.

어쩔 수 없는 일이었어. 당 비서는 누워서 나를 기다리고 있는데 어떻게 하면 좋니.

망설였어, 하지만 정말 달리 생각하지 않아도 되지 않을까 하는 생각도 들었어. 우리 아버지보다도 두세 살이나 위인 분인데 그의 말같이 신경통이 도져서 그런다면 좀 주물러 줄 수도 있지 않을까? 나 자신으로서도 잘 납득되지 않았지만 자기 행동에 대한 구실을 찾게 되는 건 또 왜일까?

가슴이 세차게 뛰기 시작했어. 이미 나의 몸을 쳐다보는 그의 눈에는 분명 말과는 다른 그 무엇이 이글거리고 있었어.

"자 아버지 같은 사람이 부탁하는 건데 뭘 망설이는 거야?" 당 비서는 여전히 누운 채 지그시 눈을 감고 말하더구나.

그래도 선뜻 다가서지 못하고 있는데 그저 가슴만 점점 더 세차게 뛰더구나.

"어 좀 전에 한잔했더니 취하는군. 아버지 일은 마음 놔도 돼. 아까도 말했지만 내가 나오는 대로 정양소에 출근하도록 해주지." 나는 끝내 다가가고 말았어. 그리고 발목부터 지근지근 눌러주기 시작했어. 당 비서는 나한테 몸을 맡긴 채 잠든 듯 눈을 감고 있더구나.

아니 그는 잠든 게 아니었어,

"동무 손이 정말 약손이로구만 어 시원하다 하지만 좀 더 위로, 위로," 벌써 내 손은 그의 무릎 언저리까지 올라갔어, 그럴수록 마음이 진정되기는 고사하고 점점 더 세차게 뛰더구나.

"좀 더 위로, 좀 더 위로하라니까" 당 비서는 여전히 눈을 감고 채 말하는 거였어. 하지만 이젠 정말 더 올라갈 자리가 없는 거야.

갑자기 얼굴에 모닥불을 쓴 것 같더구나. 내 눈에 이상한 것이 뛰었던 거야. 처음에는 보이지 않는데 불그스름한 불빛에 틀림없이 바지 한 가운데가 불뚝 솟아있는 게 아니겠니, 어쩔 줄 모르고 서 있는데 당 비서는 여전히 눈을 감은 채 더 위를 주물러 달란다.

"그래 아버지 직장을 옮겨 달란 말이지? 암 옮겨 줘야 하고말고…" 가슴은 뛰다 못해 심장이 튀어나올 것 같았어,

그러고 보니 나도 점차 나서 처음 느껴보는 이상한 감정에 젖어 드는 게 아니겠니. 갑자기 온몸이 나른해지기 시작했다고 할까, 아니 그게 아니야. 온몸 깊은 곳으로부터 이상한 그 무엇이 은근히 솟구쳐 오르는 거야.

당 비서가 일어났어. "왜 더워? 더우면 옷을 벗지." 문득 그는 나를 안아 침대에 쓰러뜨리더구나. 그리고 내 가슴을 헤치기 시작하는 거야.

"비서 동지 이러지 말아주세요. 제발 용서해 주세요." 엇결에 뿌리치고 일어났으나 그는 다시 뒤로부터 나를

안아 침대에 쓰러뜨렸어.

"가만있어, 동무는 제 입으로도 당에 충실하겠다고 했잖아? 더구나 이건 동무한테도 좋지만 아버지를 위해서도 좋은 일이야"

"아니 그렇지만 비서 동지 용서해 주세요. 제가 잘못했습니다." 뭘 잘못 했는지도 모르고 그저 잘 못했다고만 애원했구나. 하지만 당 비서는 이제 더는 인자한 어머니 당, 당 비서가 아니더구나, 사정없이 내 가슴을 헤치고 젖가슴을 마구 주물러 대기 시작하는 거야. 그리고 그 껄껄한 수염으로 사정없이 찌르며 빨아대기까지 하고. 또 다른 손은 아래로 내려오고…

때 없이 눈물이 나왔어. 반항할 용기도 나지 않았어, 그래서 가만있으니 그는 마침내 내가 자기한테 굴복하기로 마음먹은 줄 알았던 모양이야. 마음껏 가슴을 주무르고 빨고 하더니 이번에는 옷을 벗기기 시작했어.

끝까지 반항해볼 생각도 안 해 본 건 아니야. 하지만 그렇게 되면 아버지는… 불쌍한 우리 아버지는… 그러나 이젠 그보다 먼저 주체할 수 없는 무엇인가 내 속에서부터 달아오르는 걸 느끼지 않을 수 없었어. 바로 그때였어.

"허 나이는 어린데 젖가슴은 정말 대단한 걸, 살색도 마치 눈같이 희고 경옥이 그 애 가슴은 비길 바가 아니군." 그때 당 비서가 만약 그 말만 하지 않았어도 나는 그대로 당하고 말았을지도 몰라. 그렇게 되었더라면 아버지 직장문제는 말할 것도 없고 나도 지금쯤은 당에 입당하였을 수도 있었을 거야. 하지만 그 말을 듣는 순간 불현듯 경옥 언니가 왜 이제껏 그렇게 항상 어두운 얼굴로 다니었는지 그리고 그보다는 조금 전에 문 앞에서 나도 언제인가는 자기처럼 되지 않는가 두고 보라던 말뜻이 생각나더구나.

단번에 절대로 그대로 있어서는 안 되겠다는 생각이 뼈에 사무치게 들었어.

일어나면서 힘껏 당 비서의 얼굴을 긁어주었어. 그때까지도 정신없이 내 마지막 속옷을 벗기느라 정신없던 당 비서 깜짝 놀라 주춤하더구나.

나는 옷도 입지 못한 채 부둥켜안고 복도까지 뛰어나왔어.

뒤에서 당 비서 찾는 소리가 들렸지만 돌아보지도 않았어. 당 비서도 거의 다 벗은 상태였기 때문에 복도에까지 따라 나오지는 못하는 것 같더구나. 나는 복도에서 대충 수습하고 뒤도 돌아보지 않고 뛰어서 집에 왔어.

그날부터 사흘간 직장에도 나가지 않았어. 생각할수록 눈물밖에 나오지 않더구나.

그러고 보니 사고 책임에서 제외시켜 준 것도 그리고 검사부로 자리를 옮겨준 것도 결국은 모두 내 몸을 탐내서 그랬구나 생각만 들더구나.

그렇게 되어 결국 그 직장도 나오게 되었고 이곳 보잘 것없는 3급 기업소 공장에 다니게 된 거야.

하지만 이 공장에 온 다음 나는 세상을 다시 한번 새로운 눈으로 보지 않을 수 없었어.

조국에는 그 당 비서 같은 사람이 하나뿐이 아니라는 걸 새삼스럽게 느끼지 않을 수 없더구나.

얼마 전부터 우리 공장 담당 주재원(담당 경찰)이 다시 치근덕거리기 시작하는 거야. 그러다 내가 말을 듣지 않으니 어떻게 나오는지 아니.

얼마 전 우리 집에서 오손된 수령님의 초상화를 발견했다는 거야. 어린 내 동생들이 모르고 그렇게 한 것 같은데 초상화 눈에 안경도 그려 넣고 콧수염도 그리고 또„„ 아무튼 그런 거였어.

그런데 내가 제 말을 듣지 않으면 그걸 당장 군안전부
(군 경찰서)에 보고하겠다는구나 나는 정말 어떻게 하면
좋니. 아무튼 좋지 않은 이야기만 해서 미안하구나.

편지는 여기서 끝났다.

편지 임자를 찾아 그 주변을 뒤졌으나 아무도 없었다.

그 후 많은 세월이 흘렀다. 여러 곡절을 거쳐 어느 한
신문사 기사로 되었던 나는 기회가 있어 ㄴ시 철도 공장
에 취재가게 되었다.

취재가 끝난 다음 돌아오기 전이었다. 군대 복무 시절
보았던 편지 생각이 떠올라 그곳 검사부에 들리었다. 그
사연을 아는 사람은 만나기 위해서였다.

다행이 한 아주머니를 만나게 되었다.

그 이후 처녀는(순영이) 어떻게 되었는가. 내가 제일 알
고 싶었던 문제였다. 우리가 가방을 찾은 곳은 가까운
인가까지도 180리 되는 곳이었다. 그런데 어떻게 그의 가
방이 그런 곳에 가게 되었는가.

하지만 내가 그 아주머니한테서 들은 이야기는 너무 간단하였다. 그의 아버지는 이미 사망하였고 순영은 그때 조용히 증발하고 말았다는 것이다.

기가 막혔다. ㄴ시에서 가방이 발견되었던 장진 부전까지는 적어도 수백 리도 넘는 길이었다.

가방이 어떻게 거기서 발견되었을까. 혹시 처녀가 먼 국경을 바라고 ㄴ시를 떠났다가 그 산중에서 길을 잃은 것은 아니었을까.

하지만 그건 이미 오래전 일이고 처녀는 그렇게 조용히 증발하고 말았다.

이 세상에 태어났던 일도 없는 사람처럼.

가짜인간

이지명

이지명

1953년 함경북도 청진에서 태어나 2008년 12월 『한국소설가협회』에 장편소설 『삶은 어디에』를 발표하며 등단했다. 『삶은 어디에』는 2009년 1월 KBS한민족방송 라디오극장 드라마로 각색되어 방송되었다. 발표작품으로 「복귀」「환멸」「안개」「확대재생산」 등과 장편소설로 『포 플라워』가 있고 『서기골로반』을 공동출간했다. 북한 인권을 말하는 남북한 작가 공동 소설집 『국경을 넘는 그림자』 『금덩이 이야기』 『꼬리 없는 소』 『단군릉 이야기』와 경원선을 주제로 한 소설집 『원산에서 철원까지』에 참여했다. 『망명북한작가PEN』 편집장으로 활동 중이다.

1

　한명수가 서해 초도에서 군 생활을 마치고 제대한 박
춘호를 만나 아주 진지한 약속을 한 것은 바깥변소바닥
에서 생긴 파리가 방에 오기까지 한숨 돌려야 닿는 찌물
쿠는 여름날이다.
　박춘호는 같은 직장에서 매일 마주치는 청년이지만 한
명수는 돌아서자마자 그와 약조한 것에 '내가 왜 그랬
지?'라고 후회했다. 개가 콩엿 먹고 배짱 좋게 버드나무

에 올라간다는 말처럼 하지도 못할 일에 짤락 나선 것 같은 께름한 기분 때문이다. 그건 어찌 보면 굶기를 밥 먹듯 하는 야박한 세월이 그에게 선물한 일종이 오기랄까, 또 가정에서 완전 추락한 가장이 체면을 어떻게 하나 세워보려는 그 나름의 몸부림이라 할지.

박춘호는 만나자마자 제가 군 복무를 했던 서해 초도에 같이 가서 말린 해삼을 사 오자고 말했다. 무얼 어쩌고저쩌고하는 장황한 설명을 듣자 한명수는 대뜸 응. 했고 해삼 살 돈까지 다 마련하마고 큰소리쳤다. 물론 그건 돈 잘 버는 아내를 믿고 한 소리다.

초도라면 인민군특수군사기지로 일반인들의 출입이 완전 금지된 섬이다. 바로 앞에 남조선군대가 우글대는 백령도와 맞닿아 있기 때문이다. 한명수가 듣기론 초도에는 해상육전대를 위시한 인민군특수부대원 수만 명이 득실댄다고 했다. 하긴 백령도 자체가 공화국에 침투시키는 남쪽 특무기관의 간첩소굴로 소문났으니 그에 대응한 전력배치가 이상한 것은 아니다.

박춘호도 초도해상육전부대병사였다. 초도주민들이 생업으로 마련한 말린 해삼을 헐값으로 사다 국경에 나가 팔면 다섯 배의 이윤은 문제없다는 것이었다. 그래서 주저 없이 응, 했다.

그러나 돌아서서 생각해보니 이건, 이건 아닌데…… 하는 생각이 들었다. 일이 어떻게 될지 모르고 또 장사밑천 마련도 제 주머니가 아닌 아내를 설득해야 했기 때문이다.

아내는 그에게 있어 돈 잘 버는 보배덩이다. 불편 없는 삶을 제공해주는 아주 든든하고 편한 넙적 바위라고나 할까, 장사로 돈 버는 재능 하나는 정말 타고났다. 마음도 비단결이다. 지금껏 살림 전반을 짊어지고 군소리 한마디 없이 밖을 나돌며 돈을 벌어왔다.

그런데 본시 양푼 소리가 더 요란하고 황소울음에 나이 찬 큰 애기 공연히 가슴을 쥐어뜯는다는 식으로 한명수는 지금까지 별 특별한 이유도 없이 그런 알찬 아내를 무던히도 애먹여왔다. 지금껏 직장일 밖에 모르면서 배불리 먹여주고 애들 뒷바라지 다해 주는 아내의 수고를 단한 번도 칭찬해 준 일도 없었다.

그것뿐이면 좀 좋으랴, 쩍 하면 당에서 바라지 않는 장사에 목맨다고 지청구나 하고 공연히 남자의 위엄을 차리며 일장 훈시로 직장에서 받았던 스트레스를 아내에게 푼 적도 많다.

또 늦은 시간에 퇴근해 집에 들어오면 애들밖에 없어 붉으락푸르락 변하는 속된 감정의 소용돌이를 주체 못 해 녹초가 돼 들어오는 아내를 마구 욕질하며 닦달한 수는 또 얼만지, 늦은 밤중에 뭔 일인가 싶어 오고고 셋이나 되는 애들까지 눈이 화등잔만 해 원망스런 눈길로 아빠를 쳐다봤지만 원체 다혈질인 아빠의 행패를 뚝, 그치게 할 수는 없었다.

믿는 구석은 있었다. 어려서부터 한마을에서 태어나 자란 부부 사이여서 엔간하면 건너뛰는 아내의 무던한 성품을 그로서는 아주 적절히 이용하는 격이랄까,

15년 전 군에서 제대해 청진철도국에 배치된 한명수는 운 좋게도 선로공이나 화자수리공이 아닌 기관사학교에 추천받아 삼 년간의 학업과정과 실습을 마치고 기관사가 됐다. 이후 5년간 화물간이역과 가끔씩 기본 철길노선에서 화물열차를 끌다가 어느 날 청의선(청진-신의주) 여객열차기관사가 되었다. 여객열차기관사와 화물열차 기관사의 대우는 별반 다르진 않지만 기관사로서의 오랜 숙련과 경험, 그에 걸맞은 당의 신임이 있어야만 오를 수

있는 여객열차기관사 자리어서 한명수의 자긍심은 굉장히 높았다. 엉기적엉기적 기기만 하던 두꺼비가 어쩌다 늙어 나자빠진 등걸 위에 오른 기분이랄까? 이름 없는 제대군인을 믿어주고 수천 명이 타는 여객열차를 맡겨준 노동당에 대한 감사의 마음은 그의 가슴 전반을 물통에 가득 찬 온수처럼 따뜻하게 데워줬다. 그건 곧 당에 바치는 그의 당성이기도 했다. 물론 아내는 그런 그의 기분에 쌍수를 들어주지 않았고 그만두라고 말리지도 않았다. 그저 덤덤했다. 한명수는 그게 더 괘씸해 같잖은 트집을 잡아 아내를 쌍말로 욕보이기도 했다.

어느 날 중학교에 갓 입학한 딸애가 명수에게 물었다.

"아버진 왜 자꾸 엄마를 욕해요?"

"뭐 욕? 이놈 말버릇하구는, 그건 욕이 아닌 교양이지."

"쳇, 교양 받을 사람이 누군데? 쌀 한 사발 구해올 줄도 모르면서……"

"뭐? 너 그게 무슨 소리야? 너 딸이 하나라고 오냐오냐 했더니 버르장머릴 개 줬냐?"

"됐구요. 생각 좀 해봐요. 아버지가 식구들을 위해 대체 뭘 한 게 있어요? 배급도 안 주는 직장에 매일 나간 거밖에 더 있어요? 우리 다섯 식구가 먹고사는 게 순 엄마 덕인데 왜 그런 엄말 업고 다니지 못할망정 트집만 잡으며 그래요. 미안하지도 않아요?"

"너 그게 애비한테 진짜로 하는 소리야?"

"말 그대로 충고예요. 아버진 맨날 그러죠. 나는 기관차, 엄마는 철길, 당신 이게 무슨 말인지 알겠소? 이리면서……"

"그게 틀린 말이냐?"

"아버지가 옳다면 맞겠죠. 한데 묵묵히 떠받들어 기관차를 달리게 해주는 철길에게 진짜 기관차라면 고맙다고 해야 하는 거 아닌감?"

"이런 고얀? 너 이자보니 주둥이만 깠구나. 아무리 그래도 사람은 말이다. 부단히 통제를 받아야 온전히 제 갈 길을 간다는 거 몰라서 그래?"

"그럼 뭐예요. 엄마가 혹 잘못된 길을 갈까보아 그런다는 거예요? 흥, 말은?"

"너 정말 애비한테 버르장머리 없이 아무 말이나 계속 늘일 거냐?"

"아버지가 잘못하니까 충고를 주는 건데, 왜요 듣기 싫어요?"

"아니 이놈 봐라."

"좋은 말도 세 번 하면 듣기 싫다는데, 아버지 제발 좀, 지금의 어떤 세월인데…… 국경에 나들며 고생하는 엄말 제발 좀 욕보이지 말아요. 난 매끼 밥 먹을 때마다 엄마의 수고를 생각하면 목이 막 메요. 양심 없어 정말,"

딸은 마침내 두 손으로 얼굴을 싸쥐고 밖으로 뛰쳐나갔다. 한명수는 멍한 눈길로 딸이 나간 출입문을 쳐다보았다. 깊이 생각하지 않아도 아내의 입장에서 보면 많이 억울할 거라는 생각이 그때서야 슬금슬금 스며들었다.

'내가 왜 이러지?'

정말 이러다간 집안에서 제 몫은 물론 가장의 지위마저 잃어버릴 것 같다. 공연히 멋대가리 없이 남편이랍시고 또 아버지랍시고 우쭐거린 것이 그때서야 가슴에 맺혔다. 딸의 말마따나 네가 집 식구들을 위해 대체 무엇을 한 게 있더냐? 차려주는 밥 먹고 보수도 없는 직장에 충성한 것밖에 더 있느냐? 한 식경 나마 지나온 뒤를 돌아보던 그는 비로소 정신이 번쩍 들었다. 식구들을 위해 뭔가 해야 한다는 생각이 들었다. 그렇잖으면 남편은커녕 애비

자리도 지켜낼 것 같지 않다.

아마도 그래서, 평생 생각도 못 했던 장사걸음에 선뜻 응했던 것 같다. 아무리 생각해도 잘한 일 같다. 돈만 벌어온다면 딸도 아내도 아마 입을 크게 벌리고 우리 아빠 제일, 당신 이거, 하고 이구동성으로 엄지손가락을 흔들 것이다.

그는 후회했던 방금 전 일을 잊기로 했다. 까짓 어디 개가 부잣집 콩엿 훔쳐 먹으러 한 번 나서보지 뭐, 성공하든 실패하든 어쩌다 내보이는 가장다운 용기에 아내도 분명 찬성해 줄 거라 믿었다.

*

한명수의 예견은 신통히 들어맞았다. 처음엔 반신반의하던 아내가 마침내 당신 생각 잘했다며 아주 태연한 모습으로 밑돈 걱정 말고 한번 다녀오라고 한다. 명수는 길게 한숨을 내쉬었다. 사실 아내가 반대하면 어쩔 수 없다고 생각했지만 한편으론 젊은 놈과 한 약속을 지키지 못할까 가슴을 조였었다.

아내가 말했다.

"한데 당신 지금 열차타기가 보통이 아닌데 견딜 수 있겠소?"

"이것 참, 당신은 만날 열차에서 살다시피 하면서 왜 내가 못 견딜 거라 생각하지?"

"처음이잖소. 객대안의 고충도 알 수 없을 테고,"

"뭐 다 사람이 하는 거겠지. 남들이 다 참고 다니는데 나라고 무슨, 당신 왜 이래, 날 무슨 애 취급하는 거야?"

"애 취급은 아니지만 혹 단속이라도 당하면 당신의 그 욱, 하는 성질 참아낼 수 있겠소?"

"내가 왜 못 참을 거라 생각하지?"

"장사는 불법이잖소. 무조건 납작 엎드려 빌어야 되는데 지금껏 집안에서 큰소리만 친 당신이 그럴 수 있을지 쉽지 않은데, 가진 물건이라도 빼앗겨 보. 당신은 아마 제정신이 아닐걸? 보안원이고 뭐고 아예 도륙을……"

"됐어. 무슨 그런 생각을. 당신은 내가 기관사라는 걸 잊었어? 남포에서 여기로 오려면 평남선을 타고 오다 평양 간리역에서 신의주 청진행열차를 타면 되는데 그건 우리 청진철도국열차잖아. 다만 평남선이 문젠데…… 가만 남포에서 간리까지 몇 정거장이더라……"

한명수는 손가락으로 역 이름을 꼽았다. 기관사라 그 런지 애들 구구표 외우듯 거침이 없다.

"간리, 서포, 서평양, 본평양, 보통강, 칠골, 강선, 강서, 룡강, 갈찬, 신남포, 그다음 남포, 총 열한 정거장이군. 시 간으로 따지면 왕복 다섯 시간 정도? 고것만 견디면 돼."

"평양역에 들어서기 전의 단속이 심할 텐데."

"알지. 하지만 사람 단속이 심하지 짐 단속엔 별로 관 심이 없다고 들었어."

"누가 그러오?"

"같이 가는 박춘호지. 수령의 신변안전 때문에 평양사 람이 아닌 지방 사람이 평양역에 내릴까 단속을 심화하 는 거라고, 서포만 지나면 간리역인데 뭐."

"암튼 조심하오. 정신 바짝 차리고, 이 돈 잃어버리고 빈털터리로 오면 우리식군 다 죽소. 진선수 언니한테 빌 린 돈이니까."

진선수라면 청진 시내에서도 알아주는 거물급 돈 주 다. 당 간부는 물론 보위부나 보안서까지 끼고 돈으로 돈을 버는 아주 매서운 여자다. 믿을만한 사람에겐 쉽게 돈을 내어주지만 만약 잘못된다면 인정사정없이 바닥까지 들춰 아예 거덜을 내는 여자라 들었다. 그래서 돈 주가 됐겠지만…… 일순간 마음이 흔들렸지만 그렇다고 포기할 순 없는 일이었다.

"당신 진짜 괜찮겠소?" 아내가 다시 걱정스런 표정으로 묻는다.

"뭐가?"

"곧 평의선기관사로 발령될지도 모른다고 했잖소. 거긴 평양철도국 산하니까 그렇게 되면 수도 평양에서 살게 된다면서 애처럼 좋아하지 않았소?"

"그게 이 일과 무슨 상관이지?"

"아니, 기관사가 본직을 망각하고 장사나 하다 걸리면 평양시민이 될 수 있겠소?"

"아, 그게 또 그렇게 되는가? 그건 미처 생각 못 했군, 아 아니야. 거 당신 방정맞은 소리 작작해. 남 다 하는 그깟 장사 한 번 했다고 뭐 그렇게까지…… 안 그래? 그리고 내가 지금껏 얼마나 많은 공적을 쌓았는데, 15년간 무사고로 비가 오나 눈이 오나 단 하루도 빠짐없이 열차를 몬 모범기관사야. 하긴 그게 다 당신 덕이긴 하지만……"

"어이구 내 덕이라니 고맙네. 하지만 사람 일은 모르잖소. 애들을 평양에서 공부시키면 좋긴 한데, 그건 그거고 여보, 어쩌다 날 칭찬해주니 그간 내가 한 고생이 다 물이 되는 것 같소."

아내가 울먹거린다.

"뭘 그런 걸 가지고, 근데 당신 이 고장을 뜨면 대체 어떻게 돈 벌지? 평양서도 자신 있어?"

"어이구 벌써부터 평양사람 행세요? 진 언닐 허술히 보지 마오. 평양 줄이 한둘 인줄 아오?"

"그래? 대단한 여자군. 당신 걱정하지 마. 아무렴 기관사란 놈이 열차에서 단속돼 욕을 볼까? 도중식사나 넉넉히 준비해 줘."

"그건 걱정 마오."

*

그렇게 되어 한명수는 진선수에게서 빌려왔다는 두툼한 돈뭉치를 배에 감아 띠고 박춘호와 함께 평양행 열차에 올랐다. 청진에서 평양까진 열차로 열여섯시간이 소요되는 거리다. 그러나 요즘의 열차는 한 번 섰다 하면 강태공이 세월을 낚듯 한정 없이 꾸물거리니 이거야 어디 신경질 나서? 그렇지만 사람들은 그저 그렇겠거니 하고 진짜 강태공처럼 무덤덤했다. 명수도 다를 바 없다. 청진에서 신의주까지 가려면 달리는 시간만 30시간이 필요하다. 한데 왕복에 30일이 걸릴 때도 흔한 일이니 열차 정시 운행을 바라는 사람은 팔도강산에 아무도 없었다. 완전 생활화된 현상이다.

그래도 이번 길은 괜찮은 편이었다. 떠나 이틀 만에 간리역에 도착했다. 정시로 열다섯시간이면 충분했지만, 그래도 지금 세월엔 이만해도 빠른 운행이다.

청진역이 시발역이라 다행히 자리에 앉았으니 망정이지 여느 사람들처럼 꼼짝없이 서서 왔더라면 어쩔 뻔했나 싶다. 객차 안은 완전 콩나물시루처럼 사람으로 빼곡했다. 시큼한 땀 냄새와 참기 어려운 구린내가 역겹게 진동했다. 화장실도 사람으로 가득 차 용변도 선 자리에서 비닐에 싸 해결하니 객차 안은 말 그대로 지리고 구린 악취가 사람 코를 자극하며 마치 제가 진짜 손님인 듯 구석구석 배회했다. 그러나 뭐, 이젠 하도 단련돼 구린 냄새쯤에 툴툴거린다거나 참지 못해 열차에서 내리는 사람은 아무도 없다. 젠장, 이놈의 나라는 현재 글로벌 문명은 어따 다 팽개쳤는지 점점 더 구석기시대로 가재걸음만 치니…… 그러면서도 열차방송에선 귀 따갑도록 충성을 유도하는 노래만 절절댄다.

가는 길 험난하다 해도 시련의 고비 넘으리
불 바람 휘몰아쳐 와도 생사를 같이하리라

노래 간주마냥 노래를 통한 선전이 아주 맛난 밑반찬 같다. 짬만 나면 방송원의 굵진 목소리 또한 우렁차다. 전체 인민이 서로 돕고 이끄는 우월한 사회주의 제도를 마련해 준 위대한 수령을 모신 세상에서 가장 행복한 인민의 행복하고도 즐거운 여행을 축복한다나 뭐 어쩐다나, 아니 이 구린내 나고 앉지도 못해 다리가 저린 고행을 두고 뭐 저런? 귀가 뚫렸으니 안 들을 수도 없고 듣노라면 귀도 따가워 절로 입이 삐뚤어진다. 아님 야릇한 비웃음을 띠거나,

슬쩍 명수를 보는 박춘호의 입가에도 분명 그런 미소가 어렸다. 그러나 한명수는 달랐다. 열차방송에 완전 심

취된 것 같다. 지금 위험천만한 불법 장삿길에 나선 것도 잊은 듯 아주 환상의 세계에 빠져들었다. 지그시 눈을 감은 시야에 평양시민이 되어 거리를 활보하는 멋진 가족의 모습이 감은 시야에 허상처럼 떠올랐다.

"아버지"라고 부르며 붉은 넥타이를 맨 두 아들이 엎어질 듯 넘어질 듯 달려와 안기며 함박꽃 같은 웃음을 터트린다. 부자 상봉을 손 저어 축복해 주는 그 뒤의 아내의 얼굴은 또 얼마나 활짝 폈는지,

"흐흐흐 그래, 반드시 그리 돼야지 암."

뿌듯했다. 군대 때 받은 1급전사영예훈장, 200만 킬로미터 무사고열차주행으로 받은 국기훈장이며 노력 훈장, 그리고 많은 공로메달들 모두 꺼내 달면 아마 가슴만이 아닌 전신도 모자란다.

재작년, 전국 철도부문혁신자대회에 청진철도국기관사대표로 참가해 알차게 토론하고 자리에 돌아갈 때 "동문 진짜배기 일꾼이야. 평의선철도 기관사로 올 생각은 없나"라며 어깨를 두드려 주던 철도성부상의 만족한 모습이 떠올랐다. 공연한 칭찬이 아니었다. 정말이지 지금껏 불철주야 자신을 버리고 오로지 당을 위해 혼신의 힘

을 쏟았다. 그야말로 한명수가 사람이 아닌 열차인 것처럼, 집 사정 때문에 결근이 많은 다른 사람들과 달리 그는 지난 15년 동안 단 하루의 결근도 없이 열차와 일심동체가 되어 살았다. 지금 와서 돌이켜보면 그게 다 집 살림을 도맡아준 아내의 덕이었고 그에 보답하려면 반드시 훌륭한 결실을 맺어야 했다. 떠나올 때 말한 것처럼 아내도 수도 평양에서 아이들과 함께 살고 싶어 한다.

명수는 다시 저도 모르게 히죽 웃었다.

"지금 이 북새통에 무슨 생각을? 모자라는 놈처럼."

박춘호가 마지막 말을 얼버무리며 툭, 옆구리를 쑤신다.

"아, 아니야 그냥 생각 좀 했어." 한명수는 멋쩍어 저도 모르게 뒤통수를 긁었다.

"이번에 서는 역이 간리요. 빨리 승강대로 갑시다. 자칫하면 내리지 못할 수도 있으니까,"

박춘호는 그러며 의자 밑에 넣어둔 배낭을 꺼내 등에 진다. 내리는 것도 일종의 전투다. 빼곡한 인파 속을 편하게 빠지기는 아예 틀렸다. 열차를 갈아타기 위해 움직이는 사람은 그들만이 아니었다.

평라선 열차는 평양역이 종점이어서 간리에서 내리는

사람이 많다. 실지로 평양에 들어가는 사람은 승객의 반의반도 안 된다. 사방에서 지르는 여자들의 비명이 귀를 쨌다. 악에 받친 욕과 발길질로 열차 안은 순식간에 아수라장이 됐다. 한명수는 춘호의 뒤에 붙어 서서 승강대로 나오면서도 공연히 가슴을 들먹거렸다. 그냥 내리지 말고 쭉 평양으로 들어갔으면……

간리에서 서포 다음이 서평양이다. 언제부터였는지 청진-신의주행열차를 끌고 이 간리역을 통과할 때면 매번 못 견디게 가슴이 두근거렸다. 아마도 그건 노력혁신자대회 때 자신의 어깨를 두드리며 한 철도부상의 격려를 들은 이후부터였을 것이다. 아무튼 그 북새통에서도 그런 생각으로 가슴을 들먹였다는 것만도 나름 행복한 일이었다.

2

그렇지만 세상일은 한명수가 생각한 것처럼 그렇게 단순하지 않았다. 어쩜 그런 일이 일어날 수 있는지 한명수의 머리로는 도무지 답을 찾을 수 없었다. 옹근 하루를 기다려 간리역에서 남포선으로 갈아탄 후 사람들 틈에 끼어 잠깐 눈을 붙이고 나서 깨어보니 옆에서 졸던 박춘호가 온데간데없이 사라졌다. 처음엔 어디 변소에라도 간 줄 알았다. 여기가 어디냐고 곁 사람에게 물으니 철의 고장인 강선을 방금 출발했다고 한다. 잠깐 졸았다고 생각했는데 간리에서 벌써 여섯 정거장이나 왔다. 창황 중에도 남포선은 열차가 잘 달리네, 하고 생각하며 여기 옆에서 자던 사람 못 봤냐고 재차 물었다. 그게 그러니까 바로 전전 역인 칠골역에서 내리더라고 그 사람이 말한다. 순간 섬뜩한 생각이 들었다. 칠골역은 평양 본 역 다음 역이다. 거기서 내렸다면 평양이 목적지였던가? 대체로 평양에 들어가려는 사람들은 그렇게 한두 역 지나서 내려 걸어 들어간다. 단속 때문이었다. 칠골역도 만경대 구역에 속한 평양 땅이긴 하지만 중심부보다는 단속이 덜했다. 한명수는 저도 모르게 배에 감아 띤 돈 보자기에 손이 갔다. 그대로 있다. 일순 긴 숨이 나갔지만 다시 떠오르는 생각에 몸까지 흠칫 떨었다.

간리에서 하룻밤 노숙하며 돈 절반을 박춘호에게 맡

긴 생각이 났기 때문이다. 문제의 발단은 바로 그것 때문이란 생각이 들었다. 그가 돈을 갖고 튀었다면 그 돈은 벌써 구중천을 날았다는 아뜩한 생각이 들었다. 왜 맡겼던지 그때에야 후회했다. 사실 너무 더워서 그랬다. 또 딴에 동행하는 사람에게 믿음을 주는 차원이기도 했다.

그 돈을 차고 이렇게 도망까지 치리라곤 꿈에도 생각 못 했다.

'이런 머저리, 근데 군 특수부대 복무까지 한 자가 그깟 인민폐 만 오천에 양심까지 팔아?'

막막했다. 도중에서 끈을 놓쳤으니 이제 어떻게 해야 할지, 졸지에 한명수는 마치 구세주라도 잃어버린 듯 황망한 눈길로 주위를 둘러보았다.

덜커덩 털컹 요란한 열차바퀴 소리만이 귀를 울릴 뿐 관심 주는 눈길은 어디에도 없다.

분노와 허탈감이 한데 어울려 도무지 이 상황에 적응할 수가 없었다. 혹, 사람이 많아 홈에 잠깐 내렸다가 다른 객차에 오르진 않았을까, 하는 생각이 들어 한명수는 객차 안에 들어섰다. 종착역인 남포까지 다섯 정거장을 남겨두어선지 객차 안은 앉을 자리 없이 복잡하긴 해도 가운데 통로로 빠지는 데는 별 지장이 없었다. 한 사람 한 사람 상급차안까지 샅샅이 살펴보았지만 박춘호는 없었다. 그러는 사이 열차가 남포역에 도착했다. 훌쭉해진 배낭을 메고 남 먼저 개찰구를 빠진 한명수는 어두운 구석에 서서 밀려 나오는 사람들을 끈기 있게 살폈다. 혹시나 해서다. 마지막 한 사람까지 눈여겨 살폈지만 허사였다. 황당했다. 자취를 감춘 놈을 양심 하나를 믿고 찾아보려는 자신이 진짜 바보처럼 느껴졌다.

'개자식, 이러려고 나를 꼬드겨 돈 차고 움직이게 만들었나? 어찌 직장 선배를 이렇게……'

세상이 참 더럽다는 생각이 들었다. 우들우들 몸이 떨렸다. 갈 데도 없어 대합실 구석의자에 우두커니 앉아 떨거니 사람들을 쳐다보며 궁상맞긴 하나 잠시 긍정적인 생각을 해 보았다. 지푸라기라도 잡아보는 심정이다.

'아무렴 오겠지 사람이, 그것도 군대 물까지 먹은 사내가 이렇게 치사할 수야? 바람 쐬러 역 홈에 내렸다가 혹 단속당해 다음 열차를 탈 수도 있잖은가?'

아무튼 생각이 양반이다. 황황 달아오르던 속이 조금은 내려갔다. 그런대로 의자에 구겨 박혀 날밤을 새웠다.

잠도 오지 않는다. 그렇게 지독하게 지나온 날들을 돌이켜 보긴 또 처음이다. 개인적 일에는 눈도 돌리지 않았다. 지금껏 당에서 시키는 대로 손에 총을 쥐라면 쥐었고 기관차를 몰라면 몰았다. 당을 위해 일하며 사는 것이 그렇게 보람찰 수가 없었다. 영화 '이름 없는 영웅들'에서도 얼마나 멋진 대사가 나왔던가, 남자의 용감성은 대체 어디서 나오는가, 하는 질문에 주인공은 이렇게 말한다. 사람은 나라를 위할 땐 용감해지지만 개인을 위한 일에선 한없이 비굴해진다고, 지금껏 한명수는 그런 신념으로 사는 사람이 본인 혼자만이 아니라고 생각했다. 그러나 이렇게 정작 부딪치고 보니 세상이 이렇게 달라졌나, 하는 생각을 떨쳐버릴 수가 없었다. 날이 밝을 무렵, 몰려드는 졸음에 정신을 빼앗기면서도 웅얼웅얼 중얼거렸다.

'박춘호 난 너를 믿고 싶어. 무슨 피치 못할 일이 있었겠지. 아무렴 나라 일선에서 피를 바친 제대군인이 그깟 몇 푼돈에……'

*

연사흘을 기다렸다. 그럴 수밖에, 다음 열차가 사흘 만에 나타났다. 한명수는 난생처음으로 욕을 퍼부었다. 이게 무슨 나라냐? 어찌 매일 시간 맞춰 운행해야 할 열차가 사흘 만에 들어오느냐? 철도는 나라의 동맥이라 할 땐 언제고, 사람이라면 사흘이나 동맥이 끊기고 살 수 있는가? 피나듯 입술을 짓씹다가 제풀에 흠칫 놀랬다. 내가 제정신인가? 나라를 욕하다니, 철도국 놈들을 욕해야지, 네놈들이야말로 그 책임을 물어 능지처참해도 할 말이 없을 것이다. 그런데 갑자기 어디선가 비아냥대는 소리가 들렸다. 네놈은 대체 일하는 곳이 어디기에 그따위 개욕을 해? 정신이 번쩍 들었다. 철도가 동맥이면 동맥을 타고 흐르는 혈이나 다름없는 기관사라는 놈이 곤경에 처했다고 감히 심장을 욕해?

한명수는 절레절레 머리를 흔들며 다시 개찰구를 빠져나오는 사람들을 세세히 살폈다. 마지막 한 사람까지 다나가고 개찰구 문이 텅, 하고 닫혀서야 한명수는 사흘간 허망한 개꿈을 꿨다는 것을 인정하지 않을 수 없었다.

다시 대합실 안에 들어갈 생각도 없어 발 가는 대로 터벌터벌 걸었다. 어느새 그의 걸음은 남포 항구에 닿았다. 늠실대는 푸른 물결 저 너머 외국배인 듯 붕– 하고 처량

한 고동 소리를 내뱉는다. 한명수에게는 그렇게 들렸다.

마침 아침 산책 중인 듯 선원같이 보이는 남자가 담배를 피우며 부두에 서 있었다. 명수도 담배 생각이 나 주머니를 뒤졌다. 없다. 할 수 없이 그 남자에게도 다가갔다.

"저… 담배 한 대 빌릴 수 있을까요?"

담배를 내주며 그 남자가 물었다.

"보아하니 남포 사람은 아닌 것 같고, 무슨 일로 여기 오셨소?"

거칠게 연기를 내 뿜으며 명수는 왕청 같은 말을 했다.

"이곳 분이면 알겠는데, 혹, 초도라는 섬이 이 부두에서 볼 수 있습니까?"

"지금은 운무가 껴 볼 수 없지만 근데 그건 왜 묻소?"

사내의 눈에 대뜸 의심 같은 것이 비낀다. 긴장한 눈길이었다.

"아니 거기 섬사람들이 해삼을 많이 가지고 있다고 해서……"

그때서야 그 사람의 눈이 풀린다.

"가지고 있음 뭘 해. 다 장롱 속 보물이지 왜? 해삼 구하러 왔소?"

"그러니까 그게……"

"꿈도 꾸지 마오. 잘못하다간 간첩으로 몰릴 수도 있으니……"

"그게 무슨 말입니까? 해삼 사는데 간첩이라니요?"

"만약 섬으로 들어간다면 그렇다는 소리요. 초도 옆에 남조선 섬인 백령도가 있으니까, 뭐 외지사람은 초도에 들어갈 수도 없지만, 근데 여기 해삼 사러 왔소?"

"아, 네 그게 돈이 된다기에……"

한명수는 얼결에 그렇게 말해 놓고 괜한 소리를 했다고 후회했다. 외지에서 낯도 모르는 사람에게 이게 무슨? 한데 그 남자가 대뜸 관심을 보인다.

"얼마나 사려 하오?"

"아니 아닙니다. 같이 동행한 사람이 있었는데 그만 도중에서……"

"돈 갖고 도망갔소?"

"예?"

"그렇군. 딱 보면 삼천리지. 젊은 사람이요?"

"예 초도에서 군 복무를 한……"

"하하하…… 역시, 그럼 돈까지 그자에게 다 도적 맞히고 지금 빈털터리겠소?"

"아니 절반은 그런대로⋯⋯"

"그렇소? 다행이군. 그럼 그 돈으로 해삼을 사겠소?"

"네."

비몽사몽이다. 무슨 정신에 그런 대답을 했는지도 모른다. 겨울화분의 초록을 보면 여름인 줄 착각한다고 해삼 소리가 나오니 앞뒤 분간 없이 이 사람이 구세주처럼 생각된 모양이다. 명수는 그 사람의 뒤를 강아지마냥 졸졸 따라갔다.

*

두어 시간 뒤 명수는 10킬로가량의 부서지지 않게 잘 포장된 말린 해삼을 배낭에 넣고 그 사람이 안내한 집을 나왔다. 무게는 없지만 큼직한 배낭을 지고 역으로 향하는 마음은 이 역에 도착할 때의 심정과 완전히 달랐다. 무슨 개선장군마냥 자연 어깨에 힘이 들어가는 것을 어쩔 수 없었다.

명수는 해삼거래를 한 집에서 박춘호가 아주 허망하게 사기를 쳤다는 것을 알았다. 일반인으로서는 절대 초도에 들어갈 수 없으며 설사 들어간다 해도 단속에 걸려 자칫하면 간첩이나 월남자로 몰릴 수 있다는 것을 거래 자를 통해 알았다. 초도 사람들 역시 직접거래가 아닌 뭍의 거래자를 통해 해산물을 팔고 있었다. 한명수는 장사가 처음이라 해삼거래에서 차례질 이윤보다 예까지 왔다가 그냥 빈손으로 가면 아내에게 미안하고 체면도 깎인다는 의미에서 있는 돈을 다 퍼주고 그냥 샀을 뿐이었다.

그런데 또다시 불미스러운 일이 터졌다. 이런 걸 두고 일이 안 되는 놈은 넘어져도 개똥 위에 자빠진다고 했다. 무슨 일인지 모르지만 부두에서 만났던 사내가 눈에 불을 켜달고 대합실 안에 나타났다. 먼저 본 것은 명수다. 마침 출입문 옆에 앉을 자리가 있어 등에 진 배낭을 벗어 놓는데 그 사내가 두 사내를 달고 뛰어들었다.

"야, 넌 저쪽을 막아 청색 배낭을 가진 새끼면 무조건 잡아. 넌 저쪽 빨리,"

마침 사내의 등 뒤에 있던 차라 발각되지 않았지만 명수는 어안이 벙벙했다. 처음엔 반가워 부르려고 한 발 내디뎠지만 분위기가 심상찮다는 느낌에 멈칫했다.

돈을 받았으니 내준 말린 해삼까지 빼앗자는 심보라

는 것이 대뜸 알렸다. 심장이 벌렁거렸다. 이것마저 빼앗기면 그야말로 빈털터리로 아내 앞에 서야 했다. 큰일이나 치듯 우쭐해 떠나 왔는데 그렇게 되면 내 체면이 뭐가 돼? 명수는 어떻게 하나 이 고비를 넘겨야 한다고 생각했다. 아무리 타관 외지라 하지만 백주에 이 무슨 강도질이냐는 반발 또한 오기를 치밀게 했다. 호락호락 당한다면 북방사내의 자존심도 용서할 것 같지 않았다. 어디 볕에 찌든 남도 새끼들이 칼바람에 단련된 북방사내를 털어먹으려 지랄인가! 당치도 않다.

그 사내가 대합실에 빼곡히 앉아 열차를 기다리는 사람들을 하나하나 살펴보는 틈에 명수는 마침 밖으로 나가는 웬 할머니를 부축하는 척하며 열려진 출입문을 나왔다. 그다음 천방지축 뛰었다. 무슨 정신에 2미터가량 되는 구내 담장을 뛰어넘었는지도 모른다.

"서라" 하는 소리가 뒤에서 났다.

"젠장" 명수는 여러 갈래로 뻗은 철길을 마구 건너뛰며 정신없이 달렸다. 뒤를 돌아볼 여유도 없었다. 그러나 제아무리 맹속도로 뛴다 해도 배낭을 진 자가 빈 몸으로 쫓아오는 자를 따돌릴 수 있을지, 거의 잡힐 듯 말 듯 하던 찰나 앞에 보안원 둘이 보이자 무작정 뛰어갔다. 군복색을 보니 철도 보안원 같았다.

"무슨 일이야?" 보안원의 날카로운 질문이다.

"저 사람들 내 배낭 빼앗자고 함다. 노상강도 아니겠음까."

"뭐야?"

보안원이 그자들을 향해 돌아서자 명수는 냅다 뛰었다. 뒤에서 무슨 일이 벌어지든 내 알바가 아니라는 듯, 철도구내를 벗어나 자그마한 야산에 올라서서야 녹초가 된 몸을 꼬꾸라뜨렸다. 쫓던 자들은 보안원에게 단속됐는지 감감 기미도 없었다.

"개자식들, 콱 잡혀가 감방살이나 해라." 투덜거리던 명수는 숨이 안정되자 조금은 이상한 생각이 들었다. 물건을 빼앗으려면 역전 말고도 기회는 많다. 외진 단독주택에서 물건거래가 있었고 인적 드문 골목길로 해삼 배낭을 지고 나올 때 덮쳤으면 더 효과적이었을 텐데 왜 하필? 다른 목적이 있어 쫓아왔는가? 그럼 그것이 대체 뭐냐다.

암튼 일순 위험은 물러갔으나 이쯤 되면 남포를 벗어

나는 일이 쉽지 않을 것 같다. 생각던 끝에 명수는 다음 역인 신남포역에 가 열차를 타야겠다는 생각이 들어 발길을 돌렸다. 몇 사람에게 길을 묻고 줄기차게 걸었다.

"젠장, 이건 대체 무슨 개고생이야."

소낙비라도 한탕 맞은 듯 몸은 땀에 젖어 질퍽하다. 날씨는 또 왜 이리 물쿠는지, 신남포역까지 오는데 두 시간이 걸렸다. 일이 되려고 그랬던지 신남포역에 도착하자 때를 맞춘 듯 들어서는 평양행 열차에 몸을 실을 수 있었다.

그러나 명수는 쫓아오던 그 사내도 일행과 함께 이 열차에 올랐다는 것은 꿈에도 생각하지 못했다. 만약 알았다면 타고나서 출발하면 슬그머니 내렸을 거고 더 이르게는 물건 거래 때 함북 청진에서 왔다고 말한 걸 주먹으로 경망스런 입을 박살 낼 만큼 후회를 거듭했을 것이다.

집에 돌아가려면 간리에서 다시 함북선으로 갈아타야 한다. 열차 안은 사람으로 완전 콩나물시루다. 무덥고 악취 또한 지독하다. 무슨 가루며 시래기며 온갖 잡탕 다 쓸어 넣고 쪄낸 오징어순대 속이 썩는 냄샌가? 한참 후 겨우 화장실 바닥에 엉덩이를 붙였다. 그 와중에도 해삼 배낭은 아기처럼 꼭 껴안고…… 추격에서 벗어나니 만

사가 편했던지. 열차가 움직이자 지그시 눈을 감고 명상에 잠겼다. 참 쉽지 않은 여행길이다. 아니 여행은 무슨? 이게 여행이냐? 고행이지. 처 죽일 놈은 박춘호 그 빌어먹다 썩을 개자식이다. 그래 이놈아, 넌 아까운 인생 그렇게 살라. 불쌍한 놈, 돈 몇 푼에 의리와 양심 다 팔고, 사내새끼가 그렇게 살아 어따 쓰간, 그딴 놈 믿고 이 고행길을 동행했으니, 거기다 돈까지? 참으로 어리석기 짝이 없다. 평소에 술판에서 들었던 말이 생각났다. 지금 세상에서 상바보는 남에게 돈을 빌려주는 놈이고 그보다 더한 똥싸개바보는 빌린 돈을 갚아주는 놈이라 했다.

"머저리지, 그런 말 듣고도 박춘호 같은 놈에게 돈을 맡겼으니…… 세상 참 더럽겐 변했네. 내가 그 나이 땐 꿈도 못 꿨던 일을……"

명수는 제풀에 중얼거렸다. 그러고 보면 박춘호가 아주 똑똑한 놈이다. 생각할수록 울화가 치밀었다. 아내한테 가면 분명 정신머리 빠진 바보라 비웃을 거고 진선순지 하는 돈 주에게까지 알려져 시내에 천치 바보 소문이 꽃 본 나비처럼 날아 옐 것이다. 지금 세월에 아직도 이딴 머저리가 있다니, 놀랍지 않은가? 참회라 할까, 속죄라 할까, 그렇게 오만가지 생각에 시달리면서도 한명수는 더더욱 배낭을 끌어안았다. 마치 그것이 마지막 생명 줄인 것처럼. 저녁 무렵이 되어서야 열차가 간리에 도착했다.

열차를 갈아탈 사람들로 인산인해를 이룬 홈에 내려서던 한명수는 뜻밖에도 뒤의 객차승강대로 내리는 남포의 그 사내를 발견했다. 처음엔 자기 눈을 의심했다. 이렇게도 집요한가? 그깟 말린 해삼 10킬로가 뭐 주먹만큼 큰 다이야 몬드라도 된다는 건가? 사람 물결 속에 몸을 숨기긴 했지만 떨리는 가슴을 진정할 수 없었다. 그깟 강도 같은 자들을 신고하면 그만이겠지만 불법물건거래로 장삿길에 나선 자신의 형색 또한 공개되면 곤란해진다. 아내의 말처럼 장사걸음 한 번에 평양철도국행 출세걸음이 썩은 동아줄 끊어지듯 잘린다면 그것만큼 큰 손해가 어디에 있을까, 에라, 이 상황에선 도망만이 살길이다. 한명수는 어디로 빠질까 사위를 살폈다. 바로 그때 자지러진 호각소리가 연거푸 울렸다. 그와 함께 뿡- 하는 기적소리와 함께 여객열차가 먼지 발을 일으키며 홈으로 들어왔다. 언뜻언뜻 지나가는 객차에 써 붙인 평양-신의주란 간판이 보였다. 어쩔 수 없었다. 가야 할 목적지와 정반대인 신의주행 열차에 한명수는 미련 없이 올랐다.

하늘이 도와주는 것 같았다. 그렇잖으면 어찌 번마다 이렇게 구원이 손길이 와 닿으랴, 의례 이 그랬던 것처럼 후에 들어온 열차가 먼저 출발했다. 명수는 혹시나 목을 빼 들고 평양행열차가 정차한 홈을 주의 깊게 내다봤지만 종내 남포사내의 모습은 찾아낼 수 없었다. 그렇게 신의주까지 갔다 돌아올 땐 청진철도국동료 기관사가 끄는 신의주 청진 행 열차조종실에 버젓이 앉아왔다.

3

"그러니까 말린 해삼을 빼앗기지 않으려 신의주까지 도망갔다 지금 왔다는 거요?"

보름 만에 집에 돌아온 명수에게 던진 아내의 말이다. 아내는 방금 명수가 갖고 온 배낭을 들고 진선수의 집을 다녀온 참이다.

"그렇다니까 그렇잖으면 해삼이고 뭐고 통째로 빼앗겼지 뭐야."

"고생을 사서 했네. 활 팽개쳐도 될걸"

"무슨 말이요?"

"그 해삼 가짜요."

"뭐?"

"당신은 언제면…… 뭘 모르니 손발이 고생할밖에, 세상 물정 모르고 충성맹세나 지키려 지금껏 동분서주한 당신이니 그럴 만도 하지만 말이요. 당신이 갖고 온 해삼은 밀가루를 빚어 만든 가짜요. 그런 것도 모르고 신의 주까지 도망가오?"

"그게 정말이요?"

"내가 왜 거짓말을 하오? 언니도 이해는 하데요."

"무슨 이해?"

"처음 나선 장삿길이니 그럴 수 있다고……"

"그렇지만 그게 가짜면 이제 우린 어떻게 해 엉?"

"뭘?"

"돈 다 잃었잖아. 설마 그것까지 이해한다는 건가? 돈 안 받겠다는 건 아니겠지?"

"안 받지. 그 돈도 가짜니까"

"뭐요? 가짜? 그럼 내게 가짜 돈을 쥐어 떠나보냈다는 거야? 이게 정말,"

"나도 몰랐소. 만약을 생각해 언니가 그렇게 한 거지, 다행 아니오?"

한명수는 할 말을 잃은 듯 입만 쩝쩝 다셨다.

"눈 감으면 코 베갈 지금 세월에 그런 언니가 옆에 있다는 게 참, 여보 만약 인민폐 3만 원이 가짜가 아닌 진짜였다면 어쩔 뻔했소. 당신이 갖고 온 해삼이 가짜라고 할 때 나 역시 속이 한줌만 했소. 만약 해삼이 진짜라 해도 삼만 원 만들기는 어림도 없고, 역시 언닌 천리혜안을 가진 명인이오. 우리 같은 사람들과는 뭐가 달라도 달라. 그래서 돈 주가 됐겠지만"

"그건 그렇지만, 가만 여보, 그러니까 그 남포사내가 돈이 가짜니까 죽을 둥 살 둥 날 쫓아왔던 거야. 맞아 그런 것도 모르고 줄행랑친 내 꼴이란…… 근데 그 자식 가짜해삼을 내게 판 주제에 왜 사생결단으로 날 쫓아왔지?"

"또 다른 당신 같이 얼 떠름한 사람한테 그 해삼 다시 팔 수 있으니까, 안 그렇소?"

"뭐 뭐야? 날 지금 놀리는 거야?"

"쳇 아직도 정신 덜 들었네. 당신이 겪은 현실이 바로 우리가 사는 세상이요. 그런 험한 세상에 당신은 아직 적응도 못 했고…… 군대 가기 전까지만 해도 당신 괜찮았는데, 제대한 후부터는 영…… 여보, 이번 일을 계기로 이젠 현실에 발 좀 붙이고 삽시다. 당신에게 중요한 게 대체 뭐요. 셋이나 되는 아이들이요. 아니면 일만 시키는 당이요? 예? 언제 철이 들는지 참," 아내는 기가 찬 듯 끌끌 혀를 찬다.

"말은, 당신도 평양 가서 살고 싶다며,"

"그게 진심이었겠소? 그간 구름 위에 떠서 사는 당신과 무슨 말이 통했겠소."

*

다음 날 출근하니 당위원회에서 호출이 왔다. 보름이나 자리를 비운 죄가 있어 조마조마한 심정으로 당비서실에 들어갔다. 들어서자마자 명수는 깜짝 놀랐다. 박춘호가 버젓이 앉아 있었기 때문이다. 그를 보는 한명수의 눈에 분노보다 측은함이 서린다.

"동문 나가 보라우."

박춘호가 인사를 하고 나가자 당 비서가 손으로 의자를 가리키며 "자, 앉지. 내게 할 말이 많을 텐데" 한다.

　"네 뭐 자랑은 아니지만, 그러지 않아도 찾아뵈려 했습니다."

　"말해보오."

　"잘못했습니다. 용서하십시오."

　"그게 다요?"

　"무슨 할 말이 더 있겠습니까? 선처를 바랄 뿐입니다."

　한동안 뚫어지게 한명수를 보던 당 비서가 자리에서 일어나며 말했다.

　"유능한 기관사가 해삼장사를 떠났다. 그것참, 물론 이해는 가, 하지만 가짜 돈을 차고 직분도 망각한 채 수하 청년을 대동해 돈벌이에 나섰다? 당원인 동무가 어찌 이럴 수 있소. 당에서는 시련의 시기에 그 사람의 진가가 나타난다고 가르쳤는데 그걸 망각해? 이것 보오, 명수 동무, 난 닷새 전에 동무를 평양철도국에 소환하라는 위의 통보를 받았소."

　"그게 정말입니까? 그럼?"

　반색하는 명수를 이윽히 들여다보던 당 비서가 자못

엄숙하게 말한다.

"생각해 보오. 동무가 진정 당의 신임을 받을 자격이 있는지, 동문 당의 요구하는 진짜 충신이 아니야. 말하자면 가짜지. 그래서 초급당위원회는 박춘호의 제보를 받은 어제 오후 동무의 소환을 보류한다는 보고를 위에 올렸소. 난 당책임자로서 당성이 가짜인 산하 당원을 위의 요구한 대로 추천할 수 없었소. 당적양심이 허락하지 않는다는 뜻이요. 그만 나가 보시오. 반성은 해당 세포회의에서 하고……"

울컥, 반발이 치밀었지만 억지로 삼켰다. 감히 누구 앞에서, 힘없이 당위원회를 나선 한명수는 서글펐다. 당 비서가 한 가짜란 말이 마냥 머리에서 맴돌았다. 그와 함께 이젠 현실에 발 좀 붙이고 살자는 아내의 말도 떠올랐다.

'내가 그렇게 큰 잘못을 저질렀던가? 가족을 위해 뭔가 해보려 한 것이 지금껏 쌓아 올린 내 모든 공적들을 깡그리 허물만큼 치명적이었던 것인가?'

모든 것을 부정하고 싶었다. 발길에 돌멩이 하나가 걸쳤다. 걸음을 멈춘 한명수는 허리를 굽혀 그 못생긴 돌멩이를 주워 들었다. 누군가 써주지 않으면 평생을 길가에

서 뭇발길에 짓밟히는 하찮은 돌멩이의 처지가 왜 그처럼 불쌍하게 안겨드는지,

뿡- 객화차대 구내에서 기적소리가 들렸다. 15년 동안 엄마의 자장가처럼 정답게 들어오던 그 기적소리가 이 순간엔 청승맞은 장송곡처럼 슬프게 들리는 것을 한명수는 분명히 느꼈다.

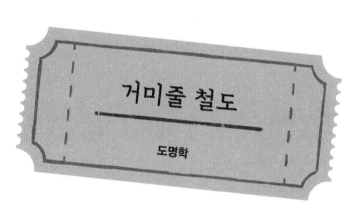

거미줄 철도

도명학

도명학

1965년 혜산에서 태어났다. 전 조선작가동맹 소속 시인으로 활동하다 반체
제혐의로 투옥하고, 2006년 출옥 후 탈북해 한국에 입국했다. 한국소설가
협회 월간지 『한국소설』로 등단했다. 발표작으로 소설집 『잔혹한 선물』과 시
「곱사등이들의 나라」「외눈도 합격」「철창너머에」「안기부소행」 등이 있고,
에세이 백여 편이 있다. 북한 인권을 말하는 남북한 작가 공동소설집 『국경
을 넘은 그림자』『금덩이 이야기』『꼬리 없는 소』『단군릉 이야기』와 경원선
을 주제로 한 소설집 『원산에서 철원까지』에 참여했다. 현재 자유통일문화연
대 상임대표, 한국소설가협회 회원으로 활동 중이다.

경의선 중에서 평양-신의주 구간을 북에선 "평의선"이
라 부른다. 평지대에 놓여있어 북에서는 지리적 조건이
가장 양호한 철로다. 224킬로미터 전 구간에 터널은 총
합 2킬로미터 남짓밖에 안 된다. 교량도 1,200미터 길이
의 청천강 다리가 가장 긴데, 전체 교량 평균이 51미터밖
에 되지 않는 데다 철로의 최소곡선반경은 300미터 불과
하다.

1

나에게 "평의선"은 본선은 더 말할 것도 없고 지선들까지 눈에 훤한 철로다. 스무날 넘게 돌아다닌 적도 있었었다. 장사꾼 친구의 말에 귀가 커 따랐던 것이다.

"글쎄 평북 쪽에선 삼면경대 값이 여기보다 예닐곱 배더 비싸더라니까. 곱절만 돼도 어딘가. 내 이번에 이 눈으로 똑똑히 보고 왔거든. 신의주에선 일여덟 배까지 된다는 거야."

친구는 콧방귀를 뀌는 내게 이마에 땀까지 돋으며 기염을 토했다.

내가 그의 말을 못 미더워 하는 이유가 있었다. 장사를 한다면서 한해 중에 절반은 열차를 타고 돌아다니는 친구인데 돈 자랑 한번 제대로 하는 것을 보지 못했다.

"에이 난 암만해도 모르겠어. 이때까지 네가 하는 장사 뭐 하나 제대로 되는 걸 봤어야 나두 믿지."

"아 그거야 곬을 제대로 만나지 못해 그런 거지. 이번엔 내가 동생한테 갔다 온 덕분에 우연히 알게 된 거지 가지 않았더라면 알 수가 있나. 누구나 돈 벌 기회는 따로 정해져 있다더니 그게 지금이라니까."

　하도 자신만만해 불어대기에 혹시 맞는 소린지도 모른다는 생각이 들었다. 친구는 평북 태천에서 공병부대 중대장을 하는 동생한테 다녀왔었다. 그곳 장마당에서 삼면경대 파는 것을 봤는데 깜짝 놀랄 가격인 것을 알고 속앓이가 시작된 것이었다.

　마침 동생이 사는 군관사택 마을에 삼면경대를 가져오면 사겠다는 집들이 나섰고 장마당보다 싸게 팔아주겠노라 약속까지 하고 왔다. 제수도 시형 덕에 삼면경대 하나 거저 생기려니 하고 -얼른 갔다오시라요- 하고 바람잡이를 했다. 제수는 아마 한두 집에서 사는 기미가 보이면 승벽이 심한 군관 아낙네들이 서로 사겠다고 난리 날 거라며 침을 튕겼다니 왜 이 친구가 등이 달아올랐는지 알 것도 같았다.

　그래도 나는 일부러 턱을 만지며 능청을 떨어봤다.

　"근데 그 좋은 벌이 혼자 해도 되지 왜 나까지 꼬드기나?"

　"꼬드기다니?"

　"그렇잖아. 동업이 필요하면 장사 잘하는 사람들도 많

을 건데 왜 하필 내냐 하는 거지."

"아, 그거야…"

돈 때문이었다. 자기 돈만으론 도무지 타산이 서지 않았던 것이다. 삼면경대 몇 개 정도 움직일 돈뿐인데 그것으론 왔다 갔다 경비를 쓰고 나면 아무리 몇 곱절 되는 장사라지만 순이익이 별로 없을 것이었다.

우리가 사는 혜산에서 평북은 너무 멀다. 국경도시 혜산에서 평북까지 가려면 평나선(평양-나진) 지선인 길혜선(길주-혜산)을 타고 함북 길주역에 가서 본선에 합류한 후 동해안을 남하하여 강원선(옛 경원선 포함)이 분기되는 함남 고원역까지 가야 한다. 거기서 서쪽으로 방향을 틀어 험준한 중부산악지대를 뚫고 서부평지대로 나온다. 계속 가면 평양 근교 간리역에 이르고 이역에서 신의주행 열차를 갈아타야 평북에 갈 수 있다. 간리역은 경의선(평의선 포함)과 평나선 교차역이다. 거기까지 여름철은 좀 낫지만 한겨울엔 보름도 걸리는 거리다. 시도 때도 없는 정전으로 열차가 멈추고 전기가 들어와도 전압이 너무 낮아 겨우 벌벌 기어 다닌다. 정격전압이 공급돼도 노반, 레일, 침목 등 무엇 하나 부실하지 않은 것이 없어 시속 40킬로

미터 이상 달리기 어렵다. 평의선이 좀 낮지만 친구는 그 노선에서 장사를 해본 적 없었다. 그러니 자칫 잘못하면 벌기는커녕 가며오며 길에 돈만 뿌리는 꼴이 될 수 있었다. 한꺼번에 많은 물량을 움직이면 이득은 확실한데 친구에겐 그럴 만한 자본이 없었다. 나를 꼬드기는 의도가 거기 있었다. 나 역시 부자는 못되지만 아내 장사수완이 한심하지는 않아 살아갈 만은 했다.

친구는 다른 장사꾼들과 동업할 수 있음에도 경쟁자들에게 정보가 공유되는 것을 꺼렸다. 자기보다 뛰어나고 목돈깨나 쥔 자들과 함께하면 당장은 좋겠지만 나중엔 그들에게 끌려다녀야 할 것이고 어쩌다 취한 정보는 곧 상식이 돼버려 벌이가 안 될 것이었다. 그래서 전문장사꾼이 아닌 내가 낫다고 타산한 것이었다. 나와 함께라면 그런 우려는 하지 않아도 됐다.

나는 이번 기회에 벌지 못하고 쓰기만 하는 "소비지도원"이라고 별명을 부르는 아내한테 본때 한번 보이고 싶어졌다.

하지만 아내 돈주머니를 어떻게 홀려낼지 보통 어려운 숙제가 아니었다.

"말 같지 않은 소리 그만 해요. 정신 나갔어요?"

말꼭지 떼기 바쁘게 귓구멍 찢어지게 소리 질러댔다. 변변히 설득도 못 해본 채 입이 붙어버렸다. 그 돈 빌리느니 차라리 밖에 나가 강도질하는 게 더 쉬울 듯했다. 하지만 일단 꿈틀거리기 시작한 욕망이 얼마나 집요하게 머리를 파고드는지 사흘간 별의별 수작을 다 부려 끝내 목적을 이뤄내고 말았다.

"암튼 잘못되기만 해봐. 가만두지 않을 테니 그땐 단단히 각오하라요."

그러거나 말거나 나는 돈뭉치를 어루만지며 속으로 낄낄 쾌재를 불렀다. 돈이 해결됐다는 말에 친구는 입을 다물지 못했다.

"이번 일은 진짜 땅 짚고 헤엄치기나 같거든. 거리가 좀 멀긴 해도 다니는 장사란 차바퀴 굴러간 만큼 이득이 커지는 건데 고생이야 좀 각오해야지. 동해 선은 내가 많이 타고 다녀서 파악이 있는 거고, 서해안 철도는 잘 모르지만 이번에 타보니까 동해안에 비하면 형편이 좋아. 동해안은 거리만 길고 기차는 굼벵이 걸음인데 그쪽은 노선이 짧고 평지대라서 전압이 낮아도 웬만하면 다녀. 오르막 내리막이 없지 철길은 직선이거든. 기차굴이 한두 개 정도나 있던지, 아무튼 평의선이 많이 낫지. 간리까지 가면 평양-청수행이 있는데 그걸 갈아타고 구성역에 내리면 돼. 태천까진 자동차로 좀 가야 되지만 그건 동생 부대에 전화하면 되고 말야."

친구는 또 삼면경대를 통째로 말고 거울만 사가도 된다고 했다. 통째로 가져가려면 부피가 너무 커 수하물차에 따로 실어야 하는데 그건 요금이 너무 들고 뇌물을 받아먹는 수하물취급자들 입이 하마 입처럼 크단다. 그러나 거울만 가져가면 삼면경대 틀 값만큼 원가가 줄어든다. 또 부피가 작아 객차에 그냥 실을만하다. 열차원들도 시비 걸겠지만 입이 작은 건 그나마 그들이다.

거울만 가져가서 틀은 현지에서 만들면 되고, 필요한 목재는 동생 부대 목공소에서 가져다 쓰면 된단다. 나는 군대를 후원은 못할망정 형이란 사람이 부대 것에 손대면 되냐고 손사래를 쳤지만 "모르면 좀 가만있어. 지금 다 그런 판이거든, 군대에 연줄이 없는 놈이나 못 해 먹지"하고 콧방귀를 꼈다.

친구는 목공기술이 있었다. 집 짓는 목수라 가구 만드

는 섬세한 소목 작업은 좀 서툰데 대신 중국산 도색재가 좋아 웬만한 흠결은 도색으로 보완하면 될 것이었다.

그리하여 떠날 준비는 계획대로 진행되고 마침내 우리의 긴 여정이 시작되었다.

2

평양근교 간리역까지는 사흘이나 걸려 도착했다. 정시로 19시간 거리를 정확히 70시간을 왔다. 간리역은 평나선(평양-나진)과 경의선이 교차되는 역이다. 이제 여기서 청수 행 열차를 갈아타야 했다. 평양을 출발해 평의선 본선을 달리다 분기역인 정주역에 이르면 "평북선"이라 부르는 지선으로 압록강 연안 평북 삭주군 청수화학공장이 있는 청수역까지 가는 열차다. 그런데 일주일에 한두 번 꼴밖에 운행하지 못했다. 본선도 기관차가 부족한 형편에 지선까지 매일 기관차를 대줄 형편이 못되어서다. 운 나쁘게도 우리가 간리역에 도착했을 땐 불과 30분 전에 청수 행 열차가 통과한 직후였다. 어쩔 수 없이 다음

열차를 사나흘 기다리며 역전에서 노숙하게 생겼다. 역
앞에 있는 2층짜리 여관은 자리가 없고 역 주변 개인집
들이 불법 영업하는 일명 "대기숙박"집들은 비용이 비싸
그냥 밖에서 노숙하기로 했다.

　무료한 시간을 달래느라 역전광장 한구석에서 포커게
임카드로 운수풀이를 해보는데 지나가던 여인이 말을 걸
어왔다.

　"이 경대거울 팔 거 아니에요?"

　친구가 힐끗 쳐다보곤 심드렁하니 대답했다.

　"아니요, 안 팔아요."

　"혹시 혜산에서 오셨나요?"

　"예. 그런데요?"

　"삼면경대 나르는 사람들이 혜산에서 오더군요. 근데
어디 가져가시게요?"

　여인이 더 캐물었으나 친구는 대답 대신 귀찮은 기색을
보였다.

　내가 말을 받았다.

　"우린 평북에 가는데 혹시 여기선 경대 얼마 하는지 몰
라요?"

"아마 혜산보다는 두세 배쯤 할걸요."

헉! 아직 목적지에 도착도 못 했는데 여기서 벌써 두세 배라니. 태천까지 가면 더 비쌀 건 당연했다. 친구가 괜히 장담한 것이 아니구나. 이번에 틀림없이 성공이다. 목에 마른 침이 꿀꺽 넘어갔다.

"이 거울 여기서 저한테 팔지 않을래요?"

"예?"

여인은 기차도 잘 다니지 않는데 굳이 평북까지 가느라 고생할 것 있냐며 다가들었다. 보아하니 장사꾼이었다. 여인은 신의주 쪽에서도 경대거울이 나오는데 평북에 가봐야 얼마나 더 벌겠는가고 했다.

"아줌마, 누굴 바보로 알아요? 신의주는 중국에서 경대거울이 안 넘어와요. 수작 부리지 말고 가던 길이나 가라요."

친구가 대뜸 쏘아붙였다. 졸지에 말문이 막힌 여인은 어색한 낯빛으로 사라졌다. 아닌 게 아니라 같은 압록강을 낀 신의주와 혜산인데 왜서인지 삼면경대 거울은 혜산에만 넘어오고 신의주에는 넘어오지 않는다. 혜산 건너편 중국은 길림성이고 신의주 건너편은 요녕성이라는 점,

혜산은 압록강 상류고 신의주는 하류라는 점만으론 이해되지 않는 현상이었다. 그러니 혜산에서 가장 먼 신의주 경대 값이 제일 비쌀 수밖에 없었다. 만약 우리가 거울과 경대 틀까지 전부 가져왔더라면 운행상황이 양호한 평양-신의주행을 갈아타고 바로 신의주에 가서 팔고 돌아서는 것이 훨씬 나을 것이었다. 하지만 친구 동생이 있는 태천에 가면 돈 안 들이고 경대 틀을 돈 만들어 비싸게 팔 수 있었다. 최소원가에 최대이윤이라는 시장논리를 따른 것이긴 하지만 실은 자금력 약한 보따리장사꾼의 초라한 행보였다. 자금력 빵빵한 "돈주"들은 그렇게 물량공세를 한다. 그들은 완제품을 싼값에 대량 구매해 트럭에 싣고 이동하는데 도착지에 가서도 현지 시가보다 싸게 도매하는 방법으로 큰돈을 번다. 번거롭지 않고 간편하고 회전이 빠르고 쉽고 폼 나게 버는 것이다.

친구와 나는 이곳 삼면경대 시세가 궁금해져 30분 거리에 있는 장마당에 가보기로 했다. 평양 외곽이라 장마당이 그리 크지는 않았다. 돌아보던 중 삼면경대 파는 것이 눈에 띄었다. 넌지시 가격을 물었더니 아까 그 여인이한 말대로 우리가 가져온 가격의 세배를 부르고 있었다.

친구가 경대거울을 넘겨받을 의향이 있는지 떠봤더니 경대장사꾼 여럿이 대번에 눈에 쌍심지를 켜고 다가붙었다. 몇 개나 있어요? 얼마에 줄래요? 하며 달라붙었다. 거울을 "짐 보관소"에 맡겼으니 망정이지 아마 들고 갔더라면 팔지 않고는 장마당을 빠져나올 수 없었을 것이다. 하지만 끈질긴 장사꾼 두 명이 역전으로 돌아가는 우리 뒤를 밟고 있었다. 분명 물건을 가져왔으면서도 시세 탐지를 하고 가는 거라고 짐작한, 돈 냄새 하나는 기막히게 잘 맡는 작자들이었다.

역전에 들어서자 안내방송이 나왔다.

"손님 여러분들에게 알려드립니다. 평양역을 출발하여 우리 역을 통과하는 청수행 열차는 앞으로 약 6일간 사정에 의하여 운행되지 않음을 알려드립니다. 거듭 알려드립니다. 평양역을 출발하여…"

–이건 또 무슨 소리야? 청수행이 없다니, 머리를 한방 얻어맞은 것처럼 아뜩해졌다. 장마당에 가보고 들뜬 기분이 졸지에 사그라져버렸다. 엿새를 기다리려면 앉은 자리에서 돈을 씹어 먹게 생겼다. 안내방송에서 들은 "사정에 의하여"란 열차를 끌 기관차가 없다는 얘기였다. 제일

양호하다고 하는 평의선이지만 본선에 한한 것일 뿐 지선 사정은 여느 노선과 다를 바 없었다.

"전번에 왔다갈 땐 이런 정돈 줄 몰랐는데, 거참."

친구가 투덜댔다.

"쳇, 그땐 일이 되려니까 운 좋게 잘 다녔겠지 뭐."

내 입에서 본의 아니게 친구를 향한 불만이 튀어나왔다. 왠지는 모르나 이러다 괜히 둘이 다투게 되지는 않을까 하는 생각이 들었다.

우선은 주머니에 얼마 남지 않은 경비가 문제였다. 당초 예상했던 경비보다 훨씬 초과해 써야 할 상황이 된 것이다. 그렇다고 굶을 수는 없고, 거울 몇 개 파는 수밖에 달리 방법이 없다. 아깝지만 아직 갈 길이 많이 남았다.

나는 친구와 거울을 몇 개나 팔면 좋을지를 두고 입씨름을 했다. 나는 이왕 파는 김에 넉넉히 팔아 경비가 다시 부족하지 않도록 하자고 하고, 친구는 고작 한 장만 팔면 넉넉하다며 서로 고집을 부렸다. 그때 불쑥 장마당에서부터 뒤를 밟은 두 사람이 이때다, 하고 뒤에서 엿듣고 끼어들었다.

"에이, 이 사람들 거울 가지고 왔으면서 왜 기래요?"

비위 좋게 얼굴을 들이미는 바람에 할 말을 잃었다. 끈질기기란 참.

"거 듣자니까 청수 쪽 가는 것 같은데 가지 말라요. 그래 봐야 몇 푼 더 받으려다 개고생만 해요. 웬만하면 여기서 통째로 팔고 돌아가는 게 낫디요. 장사는 회전이 빨라야지 기차두 잘 안다니는데 그래갖고 되갔시오?"

"고럼. 우리가 알려주는 대로 하는 게 낭패 없시오. 청수행 그거이 엿새 후에도 올지 안 올지 장담 못해요. 그거 완전 똥차야요. 이케라도 지금 다니는 게 다행이지 한달 동안 안 다닌 적두 있는데 더 말해 뭐하갔시오. 기니까 말인데 우리한테 팔고 갔다가 또 한탕 더 오시라요."

"기케 하라요. 우리랑 신용거래 맺고 앞으로 여기 오면 그 자리서 물건 넘겨받고 돈 다 쳐주고 차표랑 끊어서 돌아가는 차에 태워 드릴 거니까, 어드래요? 기케 하자요."

하도 저들끼리 주거니 받거니 따발총 쏘듯 말을 쏟아내기에 친구와 나는 도깨비장물에 홀린 듯 눈만 끔뻑끔뻑했다. 그렇지만 얼핏 생각해도 그리 틀린 이치는 아닌 것 같았다. 어쨌든 일단 그들을 쫓아 보내고 꼼꼼히 타산해봐야 할 것 같아 거울 몇 장을 팔아주고 다음번부터 당신들과 거래하자고 좋은 말로 구슬려 보내긴 했다.

나는 친구와 거울 팔아 두둑해진 돈에 기분 좋아 술과 고기를 푸짐히 사놓고 먹으며 종일 갑입씨름을 했다. 내 입장에선 아무리 생각해도 거울을 몽땅 팔고 되돌아가는 것이 현실적이었다. 욕심이 항상 일을 그르치는 법이다. 하지만 친구는 여기서 팔아봐야 도매가격에 줘야 하는데 그러면 혜산보다 두 배 가격밖에 안 되거니와 그래봤자 원가에다 오가며 소진된 경비와 뇌물 값을 빼고 나면 남는 것이 얼마나 되겠는가, 팔고 혜산에 갔다 다시 온대도 그동안이면 태천에 갔다 오고 남을 시간이다. 태천에 가면 훨씬 더 비싼 값에 팔리는데 왜 그렇게 장사신경이 무디냐며 면박을 줬다.

암만 실랑이를 해봐야 끝이 날 것 같지 않아 내가 절충안을 내놨다. 그렇다면 언제 올지도 모를 기차를 기다리며 여기서 돈만 씹어 먹기보다 차라리 매일 꼬박꼬박 다니는 신의주행을 타고 정주까지 가자. 급행열차라서 두세 시간이면 정주에 도착할 거다. 정주에서 팔아도 신의주와 가까운 곳이니만큼 여기 간리에 팔기보다는 훨씬 비쌀 게 아닌가.

하지만 친구는 절충안도 받아들이려 하지 않았다. 정주에서 좀만 더 가면 태천인데 왜 거기서 팔고 돌아선단 말인가. 그리고 다니는 장사는 가며오며 앞뒤로 벌어야 한다. 경대를 팔고 그 돈으로 혜산에 가져가면 이윤이 생길만한 현지물품을 사 가야지 현금만 달랑 들고 돌아가는 건 한쪽장사를 공탕으로 버리는 멍청한 짓이다. 정주에는 혜산에 가져가 이득 볼만한 물건이 없다. 태천은 옥수수 값이 싸다. 그걸 혜산에 가져가면 앞뒤로 버는 것이 아니냐고 했다. 나도 더 주장하기 싫어 그냥 져주고 말았다. 그리하여 다음날 평양발 신의주행 제5급행열차로 일단 정주까지 가고 보기로 했다. 정주에 가면 청수방향 화물열차를 얻어 탈 수도 있고, 혹은 자동차를 얻어 탈지도 모른다.

3

"여행증에 정주시가 목적지 아니잖아?"
역보안서에서 시비를 걸었다.

"예, 여기서 태천까지 자동차 얻어 타고 가려고 내렸습니다."

"뭐 자동차를 얻어 타? 간리엔 평양–청수행 있잖아?"

"그 차가 언제 있을지 모른다고 해서."

"장난하나? 솔직히 말하라우. 경대거울 팔려고 내린 거 아니야?"

보안원이 포장된 거울 묶음들을 툭툭 발로 건드렸다.

"중국 상품이 회수품목인 건 알지? … 아아 됐고. 아무튼 우리 지금 다른 일 봐야 하니까 밖에 나가 한잔하면서 둘이 차근차근 잘 의논해갖고 점심시간 지나서 오라우."

"빨리 처리 받고 차 잡이 해서 가야겠는데요."

"시끄러워. 냉큼 나가라니까."

막무가내로 쫓아냈다. 어처구니가 없어 말이 다 안 나왔다. 트집을 걸어도 비슷하게 걸어야지 정주역에 내린 것이 무슨 잘못이란 말인가. 물론 여행증에 기재된 목적지는 아니다. 하지만 정주역은 평의선 본선에서 지선인 평북선(정주-청수)이 분기되는 역이다. 갈아탈 목적이면 내려도 된다. 평양쪽에서 청수행을 탔으면 본선으로 달리다가 이곳 정주역에서 평북선에 들어서기 때문에 갈아탈

필요 없지만 신의주 쪽에서 오는 사람은 정주에 내려 갈
아타야 청수까지 갈 수 있다. 그럼에도 생트집을 잡는 건
뻔하고 뻔한 의도가 있어서다.

"에이, 개종자 같은 새끼들. 뭘 받아 처먹을까 해서 생
시비지 뭐야."

"그러게. 가는 곳마다 피 빨아대는 모기 새끼 천지군.
간리에서 짐 실을 때 뜯기고, 차에 올라서도 승무보안원
한테 뜯기고, 차장한테 뜯기고, 여객전무한테 뜯기고, 세
시간 동안 벌써 몇 개 뜯겼는데. 거기다 열차원한텐 돈
줬지. 길에다 줄줄 흘리며 다니는 꼴이잖아"

"할 수 없지 뭐."

"이제 화물열차든 자동차든 얻어 타재도 또 거저 태워
주지 않을 건 뻔하고, 난사는 난사다"

나는 이제 짐을 찾으면 더 가지 말고 정주에 몽땅 팔
고 돌아가자고 했다. 하지만 이 친구 여전히 소고집이다.
좀만 더 고생하면 되는데 예까지 와서 팔다니, 하는데 난
앞길이 아뜩하게만 느껴졌다. 좋아, 죽이 되든지 밥이 되
든지 가긴 가자. 속으론 애초에 이 미욱한 놈과 장삿길
나선 내가 한심하지, 하고 체념하고 말았다.

점심도 먹을 겸 정주 장마당을 찾아갔다. 삼면경대 파는 것이 있었다. 가격을 물어보니 간리보다 비싸긴 했다. 여기서 팔고 돌아가도 이윤은 꽤 남을 듯했다.

오후 시간이 되어 역보안서에 갔더니 이번에는 내일 아침에 오라고 했다.

"아니 여기서 이렇게 시간 보내면 어떡합니까. 여비도 다 떨어졌는데."

"그건 니들 사정이고, 우리가 언제 니들만 갖고 놀 시간 있는 줄 알아. 그동안 잘 생각하고 오랬더니 어떻게 뭐가 달라진 게 없네."

허참. 대체 뭘 생각해오라는 거야. 그만하면 솔직히 다 말한 거지 속인 것도 없는데, 생트집도 이만저만 아니다.

"딴 거 있어. 저 새끼들 거울 욕심내는 거라고."

"그럼 자기네한테 몇 장이나 내놓고 갈지 생각해오라는 거였네."

"평안도 보안원 새끼들은 딱 찍어 말하지 않고 빙빙 에돌며 사람 애간장 말려 죽이는 놈들이래. 함경도 쪽 보안원들은 투철하게 이거 몇 장 좀 떨구라. 목적지까지 우리가 잘 돌봐주면 되잖아, 하는 것과는 전혀 딴판이야. 이번에 올 때 봤지? 평나선은 거리가 멀고 시간 많이 걸리긴 해도 처음에 딱 한 번 넉넉히 찔러주니까 전적으로 편의 다 봐주잖아."

"맞아. 원래 이쪽은 성격이 노랑쥐 같은 새끼들이야. 근데 넌 이럴 줄 타산 못 하고 여길 오자고 했어? 이건 완전히 길에서 뺏기는 놀음하러 온 것 같아."

"내가 귀신이라고 그걸 다 알아맞히게."

"흥. 온 나라가 도둑놈 판인 걸 몰라서 그래? 평의선이 차 잘 다녀서 괜찮다더니 이건 한번 때우고 나면 한숨 돌리기 바쁘게 또 어떤 귀신이 달려들고 그 고빌 넘기면 또 다른 도깨비가 덤벼들고 참."

"아 글쎄 일이 이케 되는 걸 난들 이제 와서 어쩌라고?"

"그니까 내 말이 여기서 팔자구. 팔고 몇 장만 남겨갖고 제수와 약속한 것도 있다니까 동네 인심 잃지 않게 가서 경대 만들어주고 돌아서면 되잖아. 이제 이 숱한 걸 낑낑대며 가져가노라면 또 단속 걸려 뜯기고 또 걸리고 또 뜯기고 또 걸리고 또."

"아 됐어. 그만 좀 말해."

친구가 왈칵 화를 냈다.

"그래 알았다. 더 말 안 할게. 어디 너 하자는 대로 다 해보자."

나는 더 말했다간 친구끼리 객지에서 싸움질만 하다가 돈도 벌지 못한 주제에 사이까지 틀어져 돌아갈 것 같아 꾹 참았다.

어차피 뜯길 거면 빨리 던져주고 정주를 떠나는 것이 나을 것 같았다. 역보안서에 다시 들어가 포장을 풀고 거울 몇 장 꺼내 사정 좀 봐달라며 굽신거렸다. 다 먹고 살자고 이 노릇 하는데 한시가 급하니 좀 보내 달라고 사정사정했다.

"아하 이거 내가 또 마음 약해진다. 암튼 됐고, 사정이 하도 딱한 것 같아 보내주긴 하겠는데 앞으론 여행증 뗄 때 목적지를 정주, 태천 두 곳으로 써 달라고 하라우."

"네 고맙습니다. 그렇게 하겠습니다."

"암튼 거울 잘 쓰갔어.… 히야! 이거 되놈들 거울 좋긴 좋구나야."

남의 걸 뜯어먹고 헤벌쭉 좋아하는 놈의 면상에 침을 탁 뱉고 싶었다.

짐을 찾아 역 밖으로 나온 우리는 태천으로 가는 자동

차를 얻어 타려고 알아봤지만 만나지 못하고 날이 저물었다. 또 하룻밤 대합실에서 밤을 새울 수밖에, 하지만 마음 편히 눈도 붙이기 힘들었다. 어둠 속 정주역은 거지, 소매치기, 불량배 서식장이었다. 언제 무슨 일을 당할지 모를 판이었다.

다음날 역시 자동차 얻기가 생각대로 안 됐다. 구성까지 가는 차는 한두 대 만났는데 타지 않았다. 이왕이면 태천까지 직접 가는 차를 타야지 구성에 가서 또 다른 차를 갈아타야 해서 번거로웠다. 그렇게 좀만 더 좀만 더 하며 기다리다 보니 또 날이 저물기 시작했다. 그때 역보안서 보안원이 아직도 우리가 그러고 있는 것을 보고 다가왔다.

"젠장, 저놈은 왜 또 그래."

반갑지도 않은 얼굴에 웃음을 띠고 나타나 불쾌했지만 내색하지 않았다.

"아직 가지 못했나?"

"예 차 만나기가 생각대로 안돼서요."

"그럼 차라리 내일 가지 뭐. 내일 아침 평양에서 청수행이 출발한다니까 오전 중에 탈 수 있을 거야."

"아 그래요?"

"좀 전에 소식이 왔으니까 그게 좋을 거야. 괜한 고생하지 말고."

이럴 줄 알았으면 간리에 그냥 있었을 걸 괜히 떠나 고생을 사서 했잖은가. 그만큼 기다리는 게 낫다고 하는데도 호들갑 떨더니,하고 이번엔 친구가 나를 복수했다. 신의주행으로 정주까지 가자고 우긴 건 나니까. 어제 싫은 소리 좀 했다고 요렇게 복수한다 이거지, 에라 이 속아지 못돼먹은 자식.

정말로 다음날 오전 청수행이 들어왔다. 착하게도 역보안원들이 도와주어 열차에 짐을 무사히 실었다. 받아먹은 것이 있으니 그만큼의 도리는 지킬 줄 아는 것 같았다. 승무보안원들한테도 구성까지 이 사람들 잘 부탁한다고 말해줘 아무 시비도 받지 않았다. 같은 계통끼리 지켜주는 상도덕인 셈이었다. 하지만 다른 복병이 나타났다. 경대거울 실은 것을 알고 여객전무, 차장, 열차원이 달라붙었다. 구성까지 지척인데 당장 다음 역에 내리라고 을러메는데 뜯기지 않으려 버텨봤자 소용없었다.

화가 꼭뒤까지 치밀었다. 나라의 동맥이라는 철도가

동맥이 아니라 인민의 피를 빠는 거미줄이 되고 만 것이다. 기분 같아선 장사고 뭐고 당장에 놈들 보란 듯이 거울을 박살내고 돌아가고 싶었다. 하지만 집에 간들, 보안원보다 곱절은 더 무서운 치마 두른 "내무장관"이 있다. 돈만 깨부수고 기신기신 들어온 이 "소비지도원"을 가만 둘 리 없을 거다.

구성역에 도착하니 이번에도 영락없이 역보안원이 이게 웬 떡이냐는 듯 달려들었다. 미치고 환장할 노릇이었다. 역시 정주역에서 그랬듯 시키는 대로 역보안소에 낑낑대며 짐을 옮겨 들여놨다. 이번은 여행증에 기재된 목적지가 아니라 왜 중국 상품 팔러왔냐고 따졌다. 불법장사라는 거였다. 아니 이게 왜 불법입니까. 이건 혜산에서 당당하게 돈 주고 사 온 건데요. 중국 상품이 단속 물건이란 말은 여기서 처음 듣습니다, 했더니 구성은 그렇단다. 그건 말이 안 됩니다. 다 같은 공화국 땅에서 왜 혜산은 괜찮은데 구성은 불법입니까. 어이 혜산은 말이야 원래 자본주의 서식장이라고 악명 높잖아. 거기도 원칙적으론 불법이야. 먹고 살기 힘들어 하는 거니 가만두는 거지, 뭘 안다고 대꾸질이야. 주둥이 칵 찢어놓고 말리라.

보안원은 겁 없이 따지고 드는 나를 도끼눈을 부라리며 때릴 듯이 독기를 뿜었다. 그래도 내친김에 더 물었다. 그럼 여기 사람들은 중국 상품 안 쓰나요? 여기 장마당엔 중국 상품 안파냐고, 그렇다면 우리 물건 회수해도 좋다고 들이댔다. 그러자 여기 장마당도 중국 상품 팔지, 구성 사람들 먹고 살아야 할 거 아냐? 하며 웃었다. 이런 우라질 놈, 그럼 구성 사람은 되는데 우린 굶어 죽어도 된다는 건가. 참 희귀한 놈이었다.

"보안원 동지 우리두 먹고 살자고 하는 겁니다."

"너흰 타도에서 왔잖아?"

"다 같은 조선 사람인데 타도사람이 뭐 미국놈입니까, 계급적 원숩니까."

"누가 그렇대? 인마, 지방주의라는 게 왜 있나. 니들 평북사람이면 안 건드려".

"아니 지방주의는 반당종파사상 아닙니까?"

"뭐야!"

놈의 얼굴에 능글거리던 웃음이 대뜸 사라졌다.

"하 이 새끼 봐라. 누굴 걸고 들자는 거야?"

뜻밖에 당한 엄청난 역습임을 알아차린 모양이었다.

급해 맞은 친구가 질겁해 황급히 나를 자제시켰다.

"보안원 동지, 이해하십시오. 이 친구 너무 고생하며 와서 제 정신 아닙니다."

"이거 좋게 해결하자 했더니 안되갔구나. 전부 회수할 거니까 빈손에 돌아가 꽉 굶어 죽으라. 알간?"

그리곤 책상 서랍에서 조서용지를 꺼내 들었다.

"여기 양식대로 쓰고 손도장 찍으라우."

칼자루 쥔 놈 당할 도리는 없다. 손에 볼펜을 쥐어주며 냉큼 쓰라고 하는 놈에게 미안하다고 빌었다. 친구는 금방 곡소리를 낼 것처럼 인상이 말이 아니었다. 다행히 조서 쓰는 걸 더 강요하지 않았다. 정주역 보안서에서처럼 또 밖에 나가 차근차근 잘 생각해보라고 쫓아냈다. 가만 보니 "차근차근 잘 생각해보라"는 뭘 얼마나 내놓을지 마음 정하라는 소리다. 함경도 쪽 보안원들은 우리 이거 얼마 필요한데 좀 도와주면 안 되느냐고 대놓고 말하는데 이쪽 보안원들은 이런 식으로 돌려 말해 사람 간을 말리는 것 같았다. 듣던 바대로 정말 노랑쥐들이었다.

역구내 밖으로 쫓겨나 한참 멍하니 앉아 있는데 다른 보안원이 저쯤에서 손짓으로 불렀다. 저 새끼 왜 또 지랄

이야, 갔더니 자기가 보안소 부소장이라고 했다.

"아까 내가 옆에서 듣고 있자니까 거참 사정이 안 되긴 안됐더라고. 혜산서 구성이 어디냐? 숱한 고생하며 왔는데 다 회수당하면 집 가는 도중에 차에서 굶어 죽는단 소리 나지 않간. 차라리 나한테나 단속됐으면 좋았을걸. 저 사람 지독하기를 족제비란 별명까지 붙은 사람이요. 어떤 땐 너무하구나 싶어 내가 옆에서 조절해줘야 할 때가 많지."

이 자가 왜 이런 소릴 우리한테 하는 걸까. 괜히 긴장되며 불안감이 들었다.

"그래서 말인데 거울 쓰라고 몇 개 좀 주라마. 가만, 아니지, 그 꼬장꼬장한 사람 받자고 안 할 거야. 이렇게 하자우. 이제 내가 점심 같이 먹으면서 보안서 내부 꾸리는데 거울 있으면 좋겠다고 슬쩍 찔러놓을 테니까 그러면 무슨 뜻인지 눈치채고 좋게 처리해주지 않겠어? 내래 도와주고 싶지만 이케 밖에 방법이 없어서 기래."

무슨 말인지 알 듯했다. 정주역 보안원들보다 한술 더 뜨는 수작이었다. 여우 같은 놈, 거울 내놓으면 자기도 한몫 챙기려는 거구나. 괘씸하지만 이놈 시키는 대로 할 수밖에 없지 않나.

"좋습니다. 그럼 이왕 도와주시는 거 하나 더 신세 집시다."

불쑥 친구가 조건을 내걸었다.

"뭔데 기래?"

"태천까지 가는 자동차 좀 태워주십시오."

"아 태천 간다고 했던가. 그래 그건 내가 책임적으로 태워주지. 걱정말라우."

어! 줄곧 우둔하기만 한 줄 알았는데 이 친구 이럴 때 보면 제법 잔머리 굴리는걸. 하긴 그만큼 장사 돌아다녔으면 이런 모퉁이를 이용해야 한다는 것쯤은 터득했을 터였다.

점심시간이 지나자 여우같은 부소장이 시켜 준 대로 거울 석 장이나 내놓고 짐을 찾았다. 살점이 떨어지는 것 같았지만 그나마 약속한 대로 태천 가는 자동차를 태워주겠다고 부소장이 함께 나서 주었다. 역전 앞에 화물차들이 몇 대 보였다. 부소장이 완장을 끼고 어디 가는 차들인지 알아봤다. 하지만 태천 쪽 가는 차가 없었다.

"오늘 왜 그쪽 가는 차가 없구만. 이케 하자우. 여기서 두 시간만 더 기다리라우. 하루 두 번 태천 가는 버스가 있는데 그걸 태워주지. 버스는 짐 많다고 안 태워줄 건데 내가 얘기하면 돼."

"네, 고맙습니다. 그렇게 좀 해주십시오."

거울은 뜯겼어도 대신 버스까지 착실히 태워주는 바람에 괘씸한 마음이 좀 잦아들었다. 드디어 마지막 고비를 넘기게 된 것이다. 버스가 시내를 벗어나고 이어 파란 논과 밭들이 창밖으로 정겹게 흘러갔다. 기분이 좋아지며 소르르 졸음이 밀려왔다.

4

한창 달리던 버스가 멈추기에 내다보니 검문초소였다. 좋았던 기분이 깨지고 말았다. 이런 젠장, 여기에 또 초소가 있었네. 친구는 전번에 왔을 땐 없었는데 금방 생긴 모양이라며 투덜댔다. "검열관" 완장을 낀 보안원 두 명과 "경무관"(헌병) 완장을 끼고 자동소총을 맨 군인이 보였다. 차에서 승객들을 전부 내리게 하고 여행증을 일일이 확인했다. 몇 명 섞인 군인들은 경무관이 검열했다. 여행증을 모두 확인하고 나자 보안원 한 명이 버스에 올라 짐들을 살펴봤다.

"이 거울짐 누구 거요?"

또 걸렸다. 곧 목적지가 지척인데. 억이 막혀 대답도 안 나왔다. 나는 멍하니 서 있자 친구가 버스에 올라 보안원과 실랑이를 벌였다. 버스기사가 짐 갖고 얼른 내리라고, 버스가 출발해야 할 게 아닌 가고 소리쳤다. 짐이 많다는 핑계로 말도 안 되는 요금을 받아 챙기고도 무책임하기 짝이 없다. 그럴 거면 받은 요금을 돌려주기라도 해야지. 운전사 사람질 하는 날 전봇대에 꽃이 핀다더니 그 말 딱 맞네. 끝내 버스는 우리만 내려놓고 가버렸다. 시키는 대로 또 짐을 들어 초소 안에 들여놨다. 보안원이 이 거울 뭐 하려 갖고 가는 거야? 하며 캐물었다. 팔러 간다고 하자 이런 장사꾼들 때문에 농민들이 죽어난다며 몽땅 회수처리 하겠다고 했다. 친구가 군부대 가족들이 부탁해 사다 줄 뿐 농민들한테 팔 것은 아니라고 둘러댔다.

"뻔한 거짓말 하지 말라우. 군대면 다야? 그렇다는 걸 어케 증명할래?"

"증명하면 보내주겠어요?"

"그래. 어디 할 수 있으면 증명해보라우."

"전화 한번 좀 씁시다."

전화통을 밀어주자 친구는 동생 부대 전화번호를 누르고, 나 중대장 형인데 좀 바꿔주시오, 했다. 중대장 동지 지금 훈련 나가고 없습니다. 훈련이요? 언제 돌아와요? 저녁에 온다고요, 그럼 좀 전해주시오. 내가 지금 검문초소에 단속돼 있다고요. 네네 부탁합니다.

친구는 전화기를 놓으며 약간 으스대는 투로 보안원에게 이러면 됐죠? 했다.

"흥 되긴 뭘 돼? 형이 부대에 있다는 것만 가지곤 거울 용도를 입증하지 못하잖아."

보안원은 더 입씨름할 필요 없다는 듯 초소로 다가오는 차를 보자 단속하러 나가버렸다. 그 후부턴 애초에 말을 걸 틈도 없게 오가는 차들을 다 세우고 괜한 시비를 걸며 시간을 보냈다. 그렇게 날이 어둑해질 때까지 있는데 군대 트럭 한 대가 초소에 멈추고 적재함에서 두 개 분대쯤 되는 군인들이 우르르 내렸다. 운전석 문이 열리며 군관이 형! 하며 내렸다. 친구 동생이었다. 아 왔구나.

살았구나. 짜릿한 전율마저 느껴졌다. 초소 앞에 숱한 군인들이 나타나자 보안원들은 당황한 기색이 역력했다. 친구는 다 들으라는 듯 큰소리로 동생에게 억울하니 어쩌니 푸념을 해댔다. 병사들도 당장 초소를 까부술 듯 침을 찍찍 뱉으며 씩씩거렸다.

그때 경무관이 나타났다. 경무관은 거만한 목소리로 모두 잠자코 있으라고 으르더니 중대장인 친구 동생을 데리고 초소에 들어갔다. 한동안 안에서 무슨 소린가 오고가더니 동생이 나왔다.

"형, 암만해도 저 새끼 입 좀 틀어막아야 안 될 것 같아요. 거울 한 개 꺼내주고 가는 게 낫겠어요."

"허참, 또 한 개 뜯겼구나. 여기까지 오면서 얼마나 뜯겼는지 말이 다 안 나와."

군복 입은 동생이 오면 다 해결될 줄 알았더니 이번은 보안원 대신 같은 군인한테 뺏기게 됐다. 갈수록 험산이라더니 마지막까지 개고생이었다.

친구 동생네 집에 도착하자 중대정치지도원이 기다리고 있었다. 중대장 형이 왔으니 술과 고기를 얻어먹으려니 하고 온 모양이었다. 제수는 경대거울이 너무 좋다며 입을 다물지 못했다.

　다음날 하루는 장마당 시세도 확인할 겸 푹 쉬기로 했
다. 그동안 쌓인 피로 때문에 아무것도 하고 싶지 않았
다. 장마당 경대 시세는 알고 왔던 그대로였다. 잘만 하
면 오면서 손해 본 것을 회복하고도 이윤을 충분히 남길
것 같았다.

　친구 동생은 부대 목공소에서 경대 틀 만들 목재들을
병사들을 시켜 가져왔다. 목공기술이 없는 나는 친구가
연필로 금을 그어주는 대로 톱으로 썰고 못 박을 때 붙
잡아주는 등 조공 역할밖에 할 수 있는 것이 없었다. 친
구가 대패질도 하고 도색도 하고 기술적인 것은 다했다.
새벽부터 밤까지 하루 삼면경대 두 대씩 완성했다. 첫 제
품은 동생네 집에 놓아주고 다음 것은 완성되는 대로 동
네 군관 가족들에게 팔았다. 며칠이 지나자 동네엔 더 사
겠다는 사람이 없었다. 친구와 나는 경대를 하나씩 등에
지고 주변 농촌 마을을 돌았다. 그런데 난제가 또 생겼
다. 모두 사고 싶은 욕심은 있는데 농민들이 돈이 없었
다. 장사로 먹고사는 도시와 달리 농사를 지어먹는 농촌
은 삼면경대를 현금으로 살만큼 목돈 가진 집이 별로 없

었다. 경대 값이 비싸면 뭣하나. 구매력이 없는데.

　돈 대신 콩이나 옥수수로 가격을 쳐 사겠다는 집들은 있었다. 생각다 못해 장마당에 나가 몽땅 도매로 넘겨줄 수 있을지 알아봤지만 그것도 어려웠다. 시골 장마당이라 비싼 삼면경대를 무더기로 넘겨받을 만한 자금력 가진 사람이 없었다. 계속 하나씩 소매로 파는 수밖에 없는데 그러다간 언제 다 팔게 될지 세월없는 노릇이었다. 친구 동생이 현금 받고 팔릴만한 곳으로 태천군에 있는 군관학교와 공군비행장을 가보는 것이 어떤 가고 조언했다. 그 말대로 가봤더니 좀 팔리긴 하는데 얼마 못 팔고 거기서도 돈 대신 콩과 옥수수로 하자는 집만 많았다. 공군비행장 사택마을에 갔을 때는 현금도 아니고 곡물도 아닌 항공석유와 바꾸자는 집이 다 있었다. 세상에 전투기 기름을 뽑아 팔다니. 그러다 정황이 발생하면 전투기 발진은 어떻게 하려고. 나라 꼴이 잘은 돌아간다. 기막힌 현실에 그저 한숨만 나왔다.

　끝내 우리는 경대를 다 팔지 못하고 다른 방도를 찾아야 했다. 농민들 일부는 외상으로 주길 원했다. 당장 곡물도 돈도 없으니 가을에 와서 받아 가면 안 되냐는 건데 당치도 않은 일이었다. 그 돈 받겠다고 이 멀고 살벌한 길을 일부러 오겠는가. 태천에서 보낸 날이 벌써 보름째 되고 있었다.

이제 어떻게 할 것인가. 나는 애당초 이 곰같이 미련한 친구 말을 액면 그대로만 믿고 떠난 것이 후회됐다. 다시는 이 친구가 암만 콩으로 메주를 쑨대도 따라나설 일은 없을 것이다. 이제 바랄 것은 제발 본전만이라도 잃지 말고 돌아가는 것밖에 없었다. 아직도 앞에는 또 어떤 고난이 기다리고 있을지 모를 일이었다.

둘이 옥신각신 다투다시피 의논한 끝에 내린 결심은 남은 경대와 부득불 돈 대신 받은 곡물을 전부 평남 안주에 가서 팔아 현금화하는 것이었다. 안주시는 평안북도 인접 도시로 평안남북도 전체를 아우르는 위치에 있고 평의선이 통과하는 활기찬 곳이다.

그리하여 친구 동생이 안주까지 부대 트럭에 짐을 실어 데려가 주었다. 가는 동안에 또 검문초소가 있어 에돌아가느라 험한 고갯길에서 애먹었다. 울퉁불퉁 소달구지 다니기나 좋을 길에서 타이어까지 펑크 났다. 부대에서 새 타이어를 가져올 때까지 몇 시간을 기다려야 했는데 정말이지 걸음마다 악재였다.

안주시 장마당은 꽤 번창했다. 곡물 파는 일은 순식간에 끝났다. 이제 삼면경대 전부를 도매로 넘기면 되는데 생각했던 것보다 너무 쌌다. 친구가 또 우겼다. 이삼일 정도 묵으면서 소매해보자는데 나는 그만 자제력을 잃고 곰도 너보단 낫겠다고 욕설을 퍼부으며 싸웠다. 욕심이 일을 망친다고 그만큼 말하는데 제발 좀 그만하자. 그래도 내가 져주고 말았는데 아닌 게 아니라 또 난리가 터졌다. 장시간 경대를 펼쳐놓고 있어도 팔릴 기미가 보이지 않았다. 거기다 시장관리원이 나와 외지사람이라고 시비를 걸었다. 토착민 경대장사꾼들은 자기들한테 넘겨주고 냉큼 사라지라고 협박했다. 그들 입장에선 그럴 만도 했다. 그들보다 싼 가격에 소매하니 가만있을 리 없었다. 급기야 불량배들을 불러 방해하기 시작했는데 괜한 트집을 걸며 싸우려 들더니 경대 하나를 발로 차 단박에 깨버렸다. 좀 더 이득을 보려다가 졸지에 알거지가 될 판이었다. 결국 죽기보다 까무러치는 것이 낫다고 울며 겨자 먹기로 도매로 넘기고 말았다. 너무 아깝긴 했어도 앓던 이가 빠진 것같이 시원섭섭했다. 이제 몸에는 현금밖에 지닌 것이 없게 돼 홀가분한 마음으로 돌아가면 될 것이다.

신안주역에 가 열차 시간을 알아봤다. 신의주발 평양
행 제6급행열차가 세 시간 후 도착 예정이라고 안내판에
적혀있었다. 신안주역은 평의선에서 지선인 개천선이 갈
라지는 분기역이다. 이 철로가 압록강 중상류 자강도 만
포까지 이어지고 있다. 당연히 신안주역에는 평양방향으
로 가는 열차가 신의주-평양 말고도 개천선을 통해 평양
가는 열차도 멎는다.

이런 교통중심에는 "돈주"라 불리는 큰손들이 서식하
기 마련이다. 안주장마당 경대가격이 그렇게까지 싸진 것
도 불과 며칠 전부터였다. 우리가 길에서 숱한 시간을 낭
비하는 동안 우려했던 대로 삼면경대가 이 지역에서 돈
된다는 정보가 혜산의 큰 손들에게 알려진 것이다. 자금
력 있고 전국에 네트워크가 구축돼 있는 그들이 움직이
면 단 며칠 만에도 장사 판도가 뒤바뀐다. 그들은 굼벵
이같이 움직이는 열차보다 트럭에 상품을 대량으로 싣고
신속히 이동해 물건들을 싼값에 뿌려버린다. 그러니 우
리 같은 개미들이 녹아날 수밖에 없다.

친구가 멍하니 대합실 창밖 어딘가에 동공을 멈춘 채

꼼짝 않고 있었다. 고민이 있는 건지 또 무슨 뚱궁리를 하는 건지.

"무슨 생각을 그렇게 해?"

"어? 아 아무것도 아니야 생각은 무슨 생각."

"글지 말고 뭐가 고민인지 말해보라니까."

"별거 아니야. 집까지 돈만 차고 가려니까 가는 길이 좀 아까워서 그래."

그럼 그렇겠지. 다니는 장사는 가며오며 양쪽으로 파는 장사라고 말하곤 하던 네가 그게 아쉽지 않을 턱 있나. 실은 내 마음도 그게 좀 마음에 걸리긴 하다. 하지만 여기서 뭘 사가야 혜산에서 이득을 볼지 알아야 말이지.

그러다 얼핏 떠오르는 것이 있었다. 장마당에서 본 수지로 된 통이었다. 물을 담으면 50리터 담길만한 용량이고 아가리가 허리 굵기만 한데 뚜껑이 달렸다. 뭐든 담아두기 좋아 보였다. 그런 통을 혜산에선 보기조차 힘들다. 중국산 수지통 파는 건 있지만 재질이 너무 딱딱해 부딪치면 깨지기나 쉽다. 거기다 엉터리없이 비싸다. 그것에 비하면 안주에서 파는 국산 수지통은 녹신녹신한 재질이어서 어지간히 밟거나 부딪쳐서는 파손되지 않는다. 이 수지통은 안주시에 소재한 남흥청년화학연합기업소에서 생산되고 있었다. 남흥청년화학연합기업소는 대규모석유화학업체로 수백정보의 부지에서 고압폴리에틸렌, 산화에틸렌, 에틸렌글리콜 등 에틸렌 계열의 석유화학제품과 탄산소다, 요소 비료, 질소 비료, 아닐론솜, 벤졸, 합성고무, 펄프, 종이, 생필품 등을 생산한다. 이 거대한 공장에서 수지통은 부산물에 불과해 값이 너무나 저렴했다. 아마 혜산에 가져가면 곱절은 넘는 값에 팔릴 것이었다.

친구는 내 말에 솔깃해져 얼굴에 화색이 돌았다. 하지만 부피가 너무 문제다. 우리가 가진 돈으로 몽땅 사면 트럭으로 한차 가득 실을 량인데 기차로 가야 하는 우리에겐 적합하지 않았다.

이것도 아니구나, 하며 입만 쩝쩝 다셨다. 그때 우리 얘기를 옆에서 가만히 듣고 있던 아주머니가 끼어들었다.

"혜산에서 왔으문야 수지통보다 까나리나 사가구레. 요즘 까나리 많이 잡혀 값이 말이 아니야요. 혜산은 바다가 없으니까 까나리 갖고 가면 되지 않갔시요."

"까나리 얼마하게요?"

친구가 군침을 꿀꺽 삼키며 달라붙었다.

아주머니는 장마당에서 사기보다 바다가 멀지 않은데 수산사업소에 직접 가는 것이 좋다고 했다. 요즘 수산사업소들에 드나드는 차가 많아 차 얻어 타기도 쉽고, 가면 너도나도 팔겠다고 난리라서 저울에도 넉넉하게 달아주고 가격도 웬만하면 깎는 대로 된다는 거였다.

사실이 그렇다면야 안 할 이유가 없지. 이왕 하는 바엔 자루에 까나리를 넣기보다 수지통 몇 개 사서 거기다 넣고 가면 되겠네. 혜산 가서 수지통은 수지통대로 팔고 속에 든 까나리는 까나리대로 팔면 꿩 먹고 알 먹고 깃털 뽑아 붓대 만들고 둥지 털어 불 때기가 아닌가. 우리는 당장 들어서게 될 열차를 포기하고 대합실을 나와 버렸다.

이튿날 아침 그리 어렵지 않게 해안가로 가는 자동차를 얻어 탔다. 도착한 곳은 청천강이 서해와 합류되는 마을이었다. 과연 들은 대로 까나리 풍년이었다. 까나리 사러 온 것을 알고 아낙네들이 서로 팔겠다고 끄는데 누구 손을 잡아줘야 할지 잘못했다간 머리끄덩이 잡히기 한창 일상 싶었다.

장마당에서 사 가져온 수지통 다섯 개에 까나리를 사서 가득 채웠다. 아낙네들은 자기들 것을 사줘서 고맙다며 길에 나가 자동차 얻어 타는 것까지 도와주었다. 그 덕에 신안주역까지 쉽게 돌아왔다. 이제 해야 할 일은 이 많은 까나리를 어떻게 열차에 실을지였다. 일단 수하물 로 부쳐 갈 수 있는지 알아보려 역 화물취급소에 갔다. 화물지도원이란 사람이 무슨 짐인가 물어보더니 열차에 까나리를 싫으면 비린내 때문에 어렵다고 퉁겼다. 맨입에 못 해주겠다는 소리였다. 까나리를 퍼주면 좋겠지만 까 나리가 썩어날 정도로 많을 때라 통할 리 없고, 또 아까 운 돈을 팔아 비싼 고급수입담배 한 보루 사서 바쳤다. 수하물운임은 수하물운임대로 냈다.

5

평양행 열차가 역 홈에 들어서자 우리가 선 위치에 수 하물 칸이 정확히 멎었다. 드르릉 문이 열리며 완장 찬 승무화물원이 짐 올리라고 손짓했다. 친구가 근육이 불 끈거리는 팔로 까나리 수지통 한 개를 번쩍 들어 올렸 다. 나돠 하나 들려고 했으나 나 혼자 힘으론 어림도 없었다. 친구나 아 빨리, 하며 맞들었다. 하지만 뜻밖에 승무화물원이 올리지 마라요, 하고 발로 막았다. 이거 물고기구만. 비린내 나서 못 실어요. 이것두 내리라요, 하며 먼저 올려실은 수지통마저 밀어냈다. 아니 이건 잘 마른 까나린데요, 했으나 절대 안돼요, 이거 큰일 날 사람들이네, 하며 문을 절컹 닫아버렸다. 차는 출발하려고 뿡뿡 고동을 울리는데 이걸 어쩌면 좋나. 수하물에 싣기 틀렸다고 생각한 친구가 수지통을 안고 무작정 승객차칸을 향해 뛰었다. 급한 순간 나도 없던 힘이 뻗치며 한 개를 번쩍 들고 뒤따랐다. 그리곤 승객칸 승강대에 무작정 올려놓고 잽싸게 돌아가 나머지 통 하나씩 또 들고 뛰었다. 그것까지 올리니 한 개 남았다. 그 순간 열차가 움직이기 시작했다. 친구가 아이쿠 하며 달려가 나머지 한 개를 번쩍 들고 올리려 했다. 하지만 그 찰나 열차원이 나타나 악을 쓰며 밀쳐버렸다. 그 바람에 친구는 수지통을 안은 채 고꾸라져 소리쳤다.

"너 먼저 타라!"

더 생각할 새 없이 나 혼자 승강대에 뛰어올랐다. 돌아보니 친구가 수지통을 버린 채 일어나 차에 타려고 죽기 살기로 뛰고 있었다. 열차 속도가 점점 빨라졌다. 젠장, 타긴 글렀다.

하지만 기적같이 맨 뒤칸에 매달리는 것이 보였다. 멈췄던 숨이 나가며 식은땀이 흘렀다. 어쨌든 사람이 탔으니 다행이다. 허망하게도 수하물칸에 실으려다 까나리 한통만 잃고 말았다. 그 한통이 값이 얼만데, 어이없기 짝이 없었다. 승무화물원 그 망할 자식, 정상적인 절차대로 부치는 짐을 왜 못 싣게 막나. 곰곰이 생각해보니 그 자식도 뇌물을 먼저 내밀지 않았다고 그런 것 같았다. 열차원은 자기가 밀친 탓에 짐 한 개 잃은 것에 미안했는지 손님들 다니기 불편하지 않게 짐 놓고 가요. 혹시 이거 혹시 평양 가는 거면 안돼요, 아 간리역이요? 그럼 됐어요. 앞으론 차 이렇게 타지 말아요, 하고는 사라졌다. 간리역까지는 그리 오래 걸리지 않았다. 확실히 평의선 본선은 그만하면 큰 탈 없이 열차가 다니는 셈이었다.

이제 남은 건 평나선을 갈아타는 것인데 이틀을 기다려 혜산행 열차가 들어왔다. 홈에 나가자 발 디딜 자리 없을 정도였다. 이 많은 사람들이 어떻게 다 타나. 아닐세라 열차가 들어서자 서로 오르겠다고 난장판이 따로 없었다. 욕지거리, 누굴 부르는 소리, 질서 잡는 호각소리들로 정신이 혼미해질 정도였다.

내가 짐을 지키고 친구가 이리저리 뛰어다니며 오를만한 곳을 찾았다. 한참 그러고 돌더니 뛰어와 화장실에 타기로 했다며 짐을 옮기자고 했다. 무슨 도깨비소린지 묻고 어쩌고 할 경황이 아니었다. 차는 떠나려고 계속 고동을 울려대고 사람들은 계속 매달렸다. 오르게 된 화장실도 사람이 가득했다. 창문이 뜯겨나가고 없는 화장실로 짐들을 죽을힘을 다해 밀어 넣었다. 화장실 안 사람들은 수지통을 밟거나 깔아도 된다기에 받아주었다.

열차는 30분 넘게 지나서야 간신히 사람들을 떼어내고 출발했다. 발밑에서 수지통 쭈그러드는 느낌을 받았지만 고개 숙여 살펴볼 틈조차 없었다. 가느라면 역마다 사람들이 계속 매달릴 것이고, 이렇게 몇 날 며칠 그 멀고 먼 거리를 어떻게 견뎌낼지. 생각만으로도 질식할 것 같았다.

그렇게 옹근 닷새 만에 혜산에 도착했다. 몸은 실신할 정도로 지쳤다. 수지통은 사람들 발밑에 시달려 흉하게 찌그러졌다. 상품가치를 잃고 고물이 되고 말았다.

까나리는 어찌됐을까. 제발 너만은, 비는 심정으로 뚜

껑을 열었다.

"엥? 이건 뭐야. 까나리 넣은 통에 가루가 왜 있어?"

"가루라니…"

분명 무슨 가루였다. 가루 속에 반짝거리는 쪼고만 까나리 대가리들이 보였다. 뼈로 된 대가리만 남고 연한 몸뚱이는 분쇄기에 갈린 듯 완전히 가루로 변해 있었다. 얼마나 사람들 발길에 짓밟혔으면 이 정도로 가루 됐을까. 그만 너무 억이 막혀 입이 하 벌어졌다. 이렇게 무참하게 마지막 동아줄마저 끊기다니. 온 세상이 다 들어라하고 고래고래 소리쳐 통곡하고 싶었다. 친구는 실성한 듯 아예 벌러덩 땅바닥에 드러누웠다. 죽어야지 하는 기색으로 꼼짝 않고 하늘만 쳐다보더니 정신 나간 사람처럼 하하하하! 웃어대기 시작했다. 정말 돌아버린 건 아닌지. 젠장, 아무렇게나 돼라, 나두 모르겠다, 낸들 어쩌라고. 나도 그 옆에 벌렁 같이 누워버리고 말았다.

다음날 혜산 장마당에는 전혀 들도 보도 못한 "신상품"을 들고나온 여인이 나타나 눈길을 끌었다. 종이에 – 까나리가루 팝니다. 1킬로 5천 원– 하고 써놓았는데 까나리가루는 호박국 끓일 때 넣어도 좋고 감자반찬 할 때 뿌려도 좋고 하며 열심히 팔았다. 내가 망친 돈을 회복하려 아내가 나선 것이었다.

그리고 아내는 목돈을 가루로 전변시킨 내 공적을 참작해 이날부터 "소비지도원"이라 부르던 별명을 취소하고 "멍멍이"로 하향 조정해주었다.

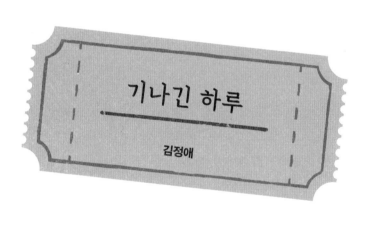

기나긴 하루

김정애

김정애

1968년 청진에서 태어나 2003년 탈북, 2005년 한국에 입국했다. 2014년 『한국소설』에 단편소설 「밥」으로 신인상을 수상하며 등단했다. 2019년 서울 시인협회 추천신인상 공모전에 「장마당에서」 외 4편이 당선되면서 작품 활동을 시작했다. 단편소설 「소원」으로 북한인권문학상 수상(2014년), 북한 인권을 말하는 남북한 작가 공동 소설집 『국경을 넘는 그림자』 『금덩이 이야기』 『꼬리 없는 소』 『단군릉 이야기』와 경원선을 주제로 한 소설집 『원산에서 철원까지』에 참여했다. 전 조선중앙작가동맹 산하 함경북도 작가동맹 문학소조원. 2016년 제82차 국제PEN 스페인 오렌세이 총회 북한대표로 참가, 2017년, 2018년, 2019년 제85차 국제PEN총회 북한대표로 참가했다. 현재 국제PEN망명북한작가센터 이사장을 맡고 있으며, 자유아시아방송 기자로 도 활동하고 있다.

야산 기슭에 자리한 역은 아직 어둠에 싸여 있다. 6월의 후덥지근한 날씨 탓인지 대합실은 텅 비어있다. 촉수가 낮아 벌그스름한 대합실을 벗어난 사람들이 밖에서 아무렇게나 떠들어댄다. 다들 인경이처럼 어디론가 떠난 모양이다. 역 앞은 전짓불을 휘저으며 누군가를 찾는가 하면 아예 자리를 펴고 둘러앉은 무리들로 시끌벅적하다. 그 속에서 가끔 요란한 폭소가 터진다. 좋아라고 뛰어다니는 아이들을 챙기는 시골 아낙네들의 지청구도 귀따갑게 들리고 한쪽 귀퉁이에서 두런거리는 남자들이 피는 담배 연기가 북적이는 마당으로 잔잔히 퍼져 나가고 있었다.

뉘 집 방귀 뀐 소리가 순식간에 퍼진다는 시골에 어쩌다 기차가 있다는 소식이 들린 것은 이틀 전이다.

옳지, 이제나저제나 기다리던 사람들이 저마다 짐을 바리바리 싸 들고 역으로 나왔다. 시골역이 이쯤 되면 정작 기차 칸에는 발 딛을 틈이 없을 터다.

벌써부터 목적지까지 무사히 갈 수 있을지 불안하고 자신이 없다. 사위를 둘러본 인경의 입에서 실낱같은 한숨이 새어 나온다. 영일은 겁에 질려있는 아내를 꼭 안아주며 등을 다독였다.

-걱정하지 마. 귀한 거니까 잘 팔 수 있을 거야-라는 말이 혀끝에 나왔지만 김이 새어 방정이 될까 봐 꾹 참았다.

하필이면 오늘이 생활총화 날이라니. 여느 날이면 직장에 사결 처리하고 아내와 함께 떠날 텐데 분기에 한 번씩 있는 분기당 생활총화니 어쩔 수가 없다. 맨날 돈이 없어 당비납부를 몇 달째 미루다가 출당 경고까지 받았는데 또 개인 사정을 들이대면 이번에 무슨 처벌을 받을지 모른다. 생각다 못한 영일은 할 수 없이 아내를 홀로 장마당에 보내기로 결심했다. 가뜩이나 작은 체구에 성격마저 소심한 아내를 눈 뜨고 코 베인다는 도시 바닥에 보내는 영일은 편치 않다. 그래서 엊저녁 영일은 역 매표원으로 있는 경실을 찾아갔다. 요즘 들어 기차가 자주 미정되고 차표를 구하는 게 하늘의 별따기가 되면서 경실의 콧대는 하늘 끝에 달려있었다. 오빠의 하나밖에 없는 단짝친구 영일이 앞에서도 그녀의 득의양양한 기세는 조금도 누그러들지 않았다. 경실은 집에 찾아온 영일을 보자 어이없이 웃었다.

"오빠, 기차가 어쩌다 있는데 차표가 내게 있을 게 뭐예요? 없어요."

남자마냥 괄괄한 성미의 경실은 표를 살 수 있냐는 영일의 말을 단마디로 거절했다.

"그럼 매표원에게 차표가 없으면 누구한테 있니?"

영일의 목소리가 비굴하게 잦아들었다.

"참, 오빠두 뭘 모르네. 지금 어느 땐데 창구에서 표를 사려고 해요? 내 위에 역장이 있고, 당비서가 있고, 사로청(사회주의청년동맹)에 또, 직맹(직업총동맹)까지 주르르한데 내 같은 쌔비(잔새우)가 관할할 표가 남아있을 게 뭐예요? 난 그냥 매표실에 앉혀져 있는걸요."

경실은 툭 삐져나온 입을 샐룩이며 공연한 걸음을 했다며 눈을 흘겼다.

차표가 없다는 매몰찬 대답에 무참해진 영일은 한마디의 말도 못하고 돌아섰다. 그제야 역들에서 국가의 식량 배급이 끊기고 월급도 없게 되자 배당된 차표를 야매로 팔아 역무원들의 식량도 풀고 로임도 해결한다던 말이 떠올랐다. 경실이도 친구의 동생이기 전에 역에서 근무하는 역무원이다. 그에게 국정 가격에 차표를 사겠다는 것은 그의 주머니의 돈을 달라는 말과 다름없으니 차표를 딱 잡아떼는 것은 어쩌면 당연한 것이다.

어려서부터 한동네에서 나서 자라며 영일을 친오빠마냥 졸졸 따르던 경실이다. 그런데 이제는 고깟 안면 따위로는 말도 붙일 수 없는 각박한 처지가 되었다.

빈손으로 집에 온 영일은 아내를 혼자 보내야 하는 고민으로 밤을 새웠다. 차표가 없으니 단속될 건 뻔하다. 그렇다고 아픈 어머니를 두고 마냥 손을 놓고 앉아있을 수도 없다.

대도시의 부유한 가정에서 태어나 할머니 손끝에서 금

이야 옥이야 자란 아내는 세상 물정에 너무 어둡다. 그런 아내를 홀로 보내야 하는 영일은 혹시 모를 불길한 예감에 마음이 착잡하다. 꼭 바닷가에 아기를 내놓는 심정이지만 행운을 바랄 수밖에 도리가 없다.

어느새 구암산마루에 아침 해가 솟아오르고 더운 열기가 퍼질 무렵에 기차가 들어왔다.

새벽부터 기다리던 사람들이 우르르 자리를 털고 일어났다.

역 홈으로 나가는 개찰구는 활짝 열려있다. 개찰구에 선 안내원의 곁에 늙은 역장과 당비서가 뒷짐을 쥐고 기차에 매달리는 광경을 구경하고 있다. 표 없이도 갈 사람은 가고 말 사람은 말라는 듯 누가 단속되든 전혀 상관이 없는 느긋하고 흥미진진한 미소를 띠고 있다.

홈으로 몰려간 사람들이 분봉하는 꿀벌마냥 기차에 덕지덕지 매달렸다.

인경이도 영일의 부축을 받아 사람들 속에 끼어들었다. 제일 뒤에 매달리며 뒤로 젖혀진 몸을 간신히 가눈 인경은 승강대 손잡이를 힘껏 틀어잡았다.

빽– 출발을 알리는 기적소리가 연거푸 울리고 기차가

서서히 움직일 즈음에야 인경은 남편이 추켜든 배낭을 받아 줠 수 있었다.

밀고 닥치면서 사람들은 조금씩 안으로 들어갔다. 복도 통로는 사람들로 발 딛을 틈이 없었다.

뒤에서 '조금만 더 들어가기요', '여기 사람이 떨어지오!' 누군가 당장 숨넘어가게 고함쳐도 누구 하나 듣는 척을 않는다. 필사적으로 미는 사이에서 인경은 숨이 막혀 질식할 것 같다.

고약한 악취가 풍기는 화장실에라도 들어가 한숨 돌리고 싶다. 하지만 활짝 열린 화장실에는 이미 사람들이 다 차서 복도의 혼잡한 광경을 멀거니 구경하고 있다.

누구의 발에 밟혔는지 여자의 째지는 비명과 함께 아기의 숨넘어가는 울음소리가 터졌다. "어느 새끼야?" 여자의 남편으로 보이는 남자가 누구에게라 없이 눈을 부라렸다.

그러거나 말거나 사람들은 무덤덤하니 계속 안쪽으로 밀고 들어간다.

객차 안도 복잡하기는 마찬가지다. 가운데로 난 복도 통로와 의자 사이에는 크고 작은 짐들이 빼곡히 쌓이고 식탁에는 아이들이 올라앉아 있다. 당장 쏟아질 것처럼 위태롭게 보이는 선반의 짐들은 천정까지 닿아있다. 선반이 꺼져 내리지 않는 것도 놀라운데 웃어야 할지, 욕해야 할지 모를 광경이 눈에 띈다. 곧 무너질 것 같은 선반 위에 웬 남자가 팔짱을 낀 채 반듯이 누워있다. 곤잠에 들었는지 밑에서 벌어지는 일에 전혀 반응이 없다. 객차에 들어선 사람들은 잽싸게 선반을 차지한 괴짜가 부러운지, 이상한지 웃음을 머금고 힐끔거리며 쳐다본다.

유리창이 뻥 뚫린 차창으로 바람이 들어왔지만 탁하고 불쾌한 냄새는 좀처럼 가시지 않았다. 진동하는 냄새만큼이나 사람들의 얼굴은 붉게 상기되어 있다. 이제 다섯 정거장만 가면 목적지다. 이렇게 복잡한 날은 제발 단속을 말았으면. 인경은 속으로 빌며 어깨를 짓누르는 배낭을 벗어놓았다.

"이건 또 뭐야, 아, 씨."

앞의 남자가 검은 눈썹을 치켜떴다. 배낭에서 배어 나온 물이 바짓가랑이에 닿은 모양이다. 인경은 얼른 미안하다며 배낭을 다른 쪽으로 비켜놓았다. 남자는 계속 볼부운 소리를 툴툴댔다. 그러나 인경의 눈은 출입문에서 떠나지 못한다.

과연 얼마 후 문가 사람들이 술렁이기 시작했다. 단속을 피해 앞질러 도망친 사람들이 열차가 멈춘 틈에 뛰어내려 단속이 끝난 차량으로 오르느라 북새통을 피웠다.

단속이 점점 가까워지고 있다. 안전원이 캄캄한 터널에서 손전지를 휘두르며 움직이지 말라고 연신 소리쳤다. 요즘 들어 전력 부족이 심해진 탓인지 열차가 터널에 들어가도 전등이 켜지지 않았다. 안전원이 점점 가까워지자 젊은 여자가 울상이 되어 앞에 앉은 남자에게 여과 담배를 내민다. 의자 밑에 들어가게 해달라는 것이다. 남자가 딱한 표정으로 주위를 둘러보더니 발 앞에 놓인 짐을 들어 주었다. 여자가 의자 밑에 기어 들어가고 짐은 제자리에 다시 놓였다. 남자가 담뱃갑을 터뜨려 주위에 한 대씩 돌리자 모두들 아무것도 모른다는 천연덕스러운 얼굴로 담배를 피워 물었다.

인경은 차마 의자 밑에 들어갈 용기가 나지 않지만 단속을 피한 그녀가 부럽다. 단속에 걸린 승객들이 줄지어 이쪽으로 밀려오고 있었다.

"증명서!"

드디어 안전원이 인경에게 다가왔다.

"없습니다."

인경은 머리를 수그렸다.

"들어서, 짐은 어디 있어?"

"여기 있습니다."

인경은 배낭을 집어 들고 단속자행렬에 들어섰다. 길게 늘어선 행렬이 꾸물대며 단속실로 향했다. 비좁은 복도를 통과하는 내내 사람들 속에서 불쾌한 비명이 터져 나왔다.

"짐은 여기에 놔."

단속실에 들어서는 순서대로 짐이 차례로 놓였다. 창가 탁자에 앉은 안전원이 명단을 적었다.

"다음!"

안전원이 인경을 처다봤지만 사람들이 막혀 있어 앞으로 나갈 수 없다.

"썩 들어가라."

젊은 안전원의 벼락같은 소리에 사람들이 조금씩 드티며 안쪽으로 들어간다. 인경은 탁자 앞으로 다가갔다. 고작 스물대여섯이 될까 말까 한 젊은 안전원이다.

"이름!"

"채인경입니다."

인경은 순순히 대답했다. 단속된 마당에 에둘러 말할 것도, 숨길 것도 없다.

"들어가."

안전원은 이름만 적고 턱짓으로 안쪽을 가리켰다. 7평 남짓한 칸에는 사람들이 꽉 차 있었다. 인경이가 들어서려는데 안에서 작작 밀고 들어오라며 신경질이다. 좁은 공간에 갇히다 보니 모두가 예민해져 있었다. 인경의 뒤로 몇 명이 더 들어오고 나서 조사가 시작되었다.

이름을 부르는 차례대로 한 사람씩 조사실로 나갔다. 한 명씩 나갈 때마다 안쪽에서는 신경을 곤두세우고 엿들었다. 자신이 어떻게 조사받을지 대비하려는 것이다.

안전원이 이름, 나이, 집 주소, 직장을 물어보고는 짐이 무엇이냐고 묻는다. 그때부터 사람들의 죽는 시늉이 시작되곤 했다. 형제의 결혼식에 간다거나, 아버지 칠갑 잔치에 간다느니, 어머니 장례식이라는 등 여행목적도 갖가지다. 그때마다 안전원의 솔직히 말하라는 고함소리와 제발 한 번만 사정을 봐달라는 승객의 우는 소리가 시작됐다. 개인 장사를 금지한 당국의 방침 때문에 장사를 간다고 하면 짐은 무상몰수다. 때문에 누구도 장삿길이 아니라고 우기는 것이었다.

"안전원 동지, 정말입니다. 저의 아버지가 올해 진갑인데 제가 아들로서 당연히 가야 하는 것 아입니까. 한 번만 봐 주십시오."

또 다른 남자가 어머니의 진갑에 간다며 안전원과 입씨름을 시작했다.

"그래? 어머니 진갑인데 혼자 떠났어? 안해[1]는? 그리고 똑같은 물건이 왜 이리 많아? 이래도 장사가 아니야?"

번번이 안전원의 차가운 목소리가 단속칸을 가득 채웠다. 열차에서 별별 승객을 다 보아온 터라 어린 나인데도 조사 방법이 무척 노련했다.

"정말입니다. 제 안해는 진갑 준비를 하느라고 먼저 떠났습니다."

남자는 열차에서는 딱히 확인할 방법이 없다는 것에 용기를 냈는지 죽는시늉에 갖은 변명을 늘어놓는다. 하지만

---

1 '아내'의 북한어.

끝내 조사는 짐을 몰수한다는 것으로 마무리됐다. 그때부터 울고불고 난리가 났지만 아무 소용없는 짓이다.

또 다른 여자가 불려 나갔다. 그는 안전원의 말 몇 마디에 이내 울음부터 터뜨렸다.

"흑흑, 안전원 동지, 어머니가 돌아가셨다는 소식에 황망히 떠났습니다. 정말입니다."

눈물겨운 하소연에도 안전원은 조사를 계속했다. 또, 다음 사람이 불려 나간다.

"안전원 동지, 형님의 병이 위독하다고 해서 마지막으로 얼굴을 보려고 떠난 길입니다. 급해서 증명서를 떼고 기다릴 새가 없었습니다… 용서해 주십시오…."

옆방에서 엿듣고 있노라면 하나같이 기가 막힌 사연들이다. 그러나 조사 결과는 냉정했다.

-좋아, 오늘은 몽땅 몰수하려다가 내가 사정을 봐준다. 절반만 내놓고 나가.

-누굴 속이려고? 사망했다는 사망 전보를 내나 봐.

안전원과의 실랑이가 계속됐다. 승객은 장사가 아니라고, 안전원은 이게 장사가 아니면 뭐냐는 식이다. 조사실의 말을 엿들은 사람들은 절대로 장사라고 말하면 안

된다며 웅성거렸다. 인경이도 불안하다. 자기야말로 장마당에 가는 길이다. 다른 사람들처럼 친정에 피치 못 할 사정이 있다고 둘러댈까. 어머니가 아프다면 통할까. 생각할수록 막다른 골목에 빠졌다는 절망감에 가슴이 쿵쾅거렸다. 어제 있은 일을 떠올리자 눈물이 핑 돌았다.

청진에 있는 큰집에서 신의주로 오는 인편에 편지와 어물을 보내왔다. 남편이 형님에게 어머니의 병세에 대해 편지를 쓴 지 보름만이다. 형님도 집을 떠나 평양과 지방의 건설 현장으로 돌아다니느라 가정 살림이 어려울 텐데 어머니의 치료비에 보태라며 귀한 문어와 가재미²를 보내온 것이다. 청진에서 출발할 때 돌덩이처럼 얼었었던 어물은 집에 도착할 즈음에는 거의 녹아 있었다. 돈이 없어 어머니의 약을 구하지 못하던 영일은 반가움에 겨워 눈물이 글썽하다. 얼른 장마당의 문어와 가재미의 값을 따져 보니 어머니의 약값은 물론 잘만 팔면 쌀도 얼마큼 살 수 있을 것 같다. 둘이서 가격을 계산하며 골똘해 있

---

2 '가자미'의 북한어.

는 사이 딸내미가 들어왔다.

"엄마, 이게 다 뭐예요?"

흐물흐물한 다리에 둥그런 빨판이 주르륵 달린 문어를 처음 본 딸의 두 눈이 휘둥그레졌다.

옥이는 태어나 아홉 살이 되도록 아직 동해바다의 문어와 눈이 한 쪽으로 몰린 가재미를 본 적이 없다. 인경은 어린 딸에게 학습시키듯 말했다.

"응, 이건 큰 아버지가 앓고 계신 할머니를 위해 보내주신 동해바다의 문어고 가재미란다."

엄마의 말에 옥이는 까만 눈을 반짝이며 배시시 웃는다.

"엄마, 이거 우리가 다 먹는 거예요?"

엄마를 바라보는 옥이의 눈망울이 반짝반짝 빛났다.

"그래, 먹는 거란다…."

인경은 속삭이듯 말끝을 흐렸다. 차마 팔아서 약을 살 거라는 말이 나가지 않았다.

"엄마, 문어는 어떤 맛이에요? 그리구 이걸 먹으면 어떻게 좋아요?"

궁금증에 겨운 옥이가 신이 나서 물었다.

"문어는 밭을 갈다 쓰러진 소에게 먹이면 벌떡 일어날

만큼 몸에 좋은 보양식이란다."

"정말요? 그럼 이 문어를 우리 할머니가 드셔야겠네. 할머니 얼른 일어나시게"

옥이는 침을 꼴깍 삼키며 손뼉을 쳤다.

"와, 우리 할머니 일어난다. 동해바다의 물고기~"

옥이가 좋아라고 외치며 밖으로 뛰쳐나갔다.

그때 윗방에서 어머니 박 씨의 기침 소리가 들렸다. 요즘 어머니의 병세는 점점 심해지고 있다.

맏아들이 함께 살자고 해도 한사코 막둥이와 산다며 고집하던 어머니가 갑자기 중풍에 쓰러진 후 치매증세를 보이고 있다. 박 씨는 식사 후 밥상을 거두면 곧바로 밥을 차리라고 했다. 퍼런 시래기 밥이라도 끼니때마다 아들과 며느리, 손녀에게 떠 놓으며 자신은 동네에서 얻어 드셨다며 먼저 일어나곤 하시던 어머니다. 그런 어머니가 요즘은 숟가락을 금방 놓으시고도 내가 언제 먹었냐. 거짓말을 한다며 인경에게 두 눈을 부릅떴다. 그러다가도 정신이 돌아오면 인경의 손을 꼭 잡으며 '네가 가난한 집에 시집와서 고생이구나'하며 쓰다듬어 주었다.

동네방네에 수소문하여 찾은 어머니의 병 치료약은 거

의 수입제다. 중풍, 치매에 필요한 약은 많고 많았다. 호흡이 멈추고 생명이 위험한 찰나에 쓰면 벌떡 일어난다는 러시아산도 있고 십 년을 중풍으로 일어나지 못하던 환자를 일으켜 세웠다는 중국산 약도 있다. 그러나 모두가 고가여서 영일이네는 약을 살 엄두를 내지 못했다. 어머니의 병세는 나날이 심해지더니 요즘은 오래 앉아 있지도 못한다. 겁이 난 영일은 무슨 불상사가 날 것 같아 형님에게 편지를 썼다.

그렇게 되어 형님이 인편에 보낸 동해바다의 문어와 가재미가 도착했다. 형님은 편지에 나를 대신해 어머니를 잘 돌봐달라는 신신당부와 함께 문어와 가재미를 팔아 우선 약값에 보태라고 썼다. 영일은 문어와 가재미를 팔아 우선 어머니 약값도 마련하고 쌀도 사서 어머니의 영양을 보충해야겠다고 생각했다. 얼른 약을 써서 어머니의 병을 고쳐야 한다.

그때 정신이 돌아온 박 씨가 맏아들이 보낸 가재미를 보더니 끓여 먹자고 한다. 약값을 계산하고 있던 차에 난처한 일이었다. 인경은 얼른 박 씨에게 가재미 한 마리는 한 끼에 다 먹게 되지만 장마당에 내다 팔면 쌀 3kg의 값을 받을 수 있다며 차라리 가재미를 드시는 것보다 쌀밥을 푸짐하게 드시는 게 어떠냐고 물었다.

생선 한 끼를 먹는 것보다 쌀밥을 하루 세 끼를 먹는 것이 낫다는 것은 누구나 아는 이치다.

문어와 가재미를 팔려는 아들 며느리의 생각에 박 씨는 서운한 표정을 감추지 못했다.

"아 에미야, 그러면 가재미 비늘이라도 쳐서 팔려무나."

"가재미 비늘이요?"

놀란 인경이가 되물었다. 가재미 비늘을 치면 생선의 신선도가 떨어진다. 그러면 값을 제대로 받기도 어렵고 자칫 약값이 부족할 수도 있다. 인편에 온 냉동 가재미는 바다에서 건진 그대로였다.

"그래, 가재미 비늘은 치고 내장은 끓여 먹자꾸나."

생선 꾸러미를 펼치자 바다 비린내가 좋다며 깊은숨을 몰아 한껏 들이키던 어머니다.

인경은 가슴이 아팠다. 얼마나 생선이 드시고 싶으면 가재미 내장을 끓여 먹자고 하실까. 가재미 내장이라야 한 마리에 고작 한 숟가락도 안 되는 것을… 아니, 약을 사고 쌀을 사야 돼.

동해바다가가 고향인 어머니의 심정을 모르지 않지만 인경은 마음을 가다듬었다. 지금 급한 것은 어머니의 병을 고치고 건강을 회복하는 것이야. 인경은 남편 영일의 얼굴을 쳐다보았다.

영일이도 당황하고 난처한 표정이다. 어머니의 말에 영일은 얼른 가재미를 끓이라고 한다.

"그럴 것 없이 한 마리를 어머니께 끓여 드려요."

방금 전까지 어머니의 약값과 쌀값을 계산하며 신나있던 남편이다.

"아서라. 내 생각이 짧았구나. 어서 팔아서 쌀을 사오."

이번엔 박 씨가 부엌으로 나서는 인경을 말리고 나섰다. 인경이와 어머니는 가재미를 끓이자니, 안된다니 하다가 결국 팔기로 했다. 인경은 어머니가 드시고 싶은 것을 참고 계신다는 것을 안다. 그렇게 되어 인경은 도시로 가는 기차를 탔다. 시골 동네에서 팔아봐야 돈이 없는 농촌에서 값을 제대로 받을 리 없다. 힘든 대로 신안주의 큰 장마당에서 팔아야 어머니의 약값과 쌀을 마련할 수 있는 것이다.

"채인경!"

단속실에 갇혔던 사람들이 거의 빠져나갈 무렵에야 인경의 이름이 불려졌다.

"네"

조사실에서 꽥꽥 목청을 높이던 소리가 귓전에 쟁쟁하다. 인경은 두근거리는 가슴을 조이며 안전원 앞에 섰다.

단속실로 들어설 때 명단을 작성하던 승무안전원이다. 두툼한 조서장을 앞에 놓은 그는 인경의 이름과 나이, 집주소, 소속, 남편 이름, 직장을 차례로 적어 내려갔다. 인경의 주소가 시골 동네고 무직에 부양이라는 것을 확인한 그는 여행증도 없이 어디로 가느냐며 따져 물었다.

"장마당에 갑니다."

인경은 다소곳이 머리를 숙인 채 대답했다.

"뭐 뭐, 장마당?! 뭐라고?"

안전원이 놀랍다는 듯이 인경을 쳐다보았다.

"장마당에 고기 팔러 갑니다."

담담히 말하는 인경의 태도에 승무안전원이 입을 하벌린 채 다물지 못했다.

"장사하러 간다고!? 내참. 여, 당에서 장사를 하지 말란 말 못 들었어? 엉?!"

안전원이 손에 쥔 펜으로 탁자를 탁탁 내리쳤다.

"압니다. 하지만…. 어쩔 수 없습니다."

안전원의 얼굴에 황당한 빛이 어린다.

"어쩔 수 없다니, 챠, 내 열차 단속을 몇 년째 하다가 제 입으로 장사하러 간다는 건 처음 보네… 엉? 장사 물품이 뭐야?"

"네, 동해바다에서 나는 물고깁니다."

한풀 주눅이 든 인경은 조심히 배낭 아구리[3]를 열었다.

"이거 문어 아니야?"

배낭 속을 들여다보던 안전원의 눈이 반짝 빛난다.

"어디서 났어?"

"시아주버니가 보낸 겁니다. 어머니가 아프신데 팔아서 약을 사라고…"

"시형? 이름이 뭐야, 직장은, 소속이 어디야?"

이때라고 생각한 안전원이 다그치자 인경은 더럭 겁이 났다. 이름과 소속을 대면 시형에게 화가 미칠 것은 뻔

---

3 '아가리'의 북한어.

하다.

"큰 집에서 시아주버니가 아픈 어머니의 치료비에 보태라고 보내온 겁니다."

"그러니까 보낸 사람의 이름과 직장을 대라니까?"

어쩔 바를 몰라 머뭇거리는 그때 승무원실 문이 열렸다. 나이 지숙한 승무조장이 들어섰다. 그는 둘을 번갈아보며 의자 한쪽에 가앉았다.

조사하던 안전원이 슬쩍 엉덩이를 들며 '조장동지 오셨습니까'하고는 다시 말을 이었다.

"이름, 이름을 대라니까, 이름!"

"뭔데? 왜 소리를 높이고 그래?"

승무조장이 불쾌한 안색을 지었다.

"조장 동지, 이것 보십시오. 어디로 가냐고 하니까 장사하러 간답니다. 당에서 하지 말라는 장사행위를 한다고 제 입으로 당당히 말합니다. 챠."

그는 기세등등하여 조장에게 미주알고주알 일러바친다. 인경의 가슴은 터질 듯 두근거렸다.

"보내주라"

파랗게 질려있는 인경의 모습을 본 승무조장은 한 마

디 외에 더 하지 않는다. 다만 조사하는 안전원에게 적당히 하라는 눈짓을 보냈다. 승무조장의 지시에 어지간히 독이 오른 안전원은 인경을 한참이나 노려보았다. 그러더니 생각을 달리했는지 금방 앉음새를 고치며 인경에게 조용히 속삭였다.

"문어 다리 하나 떼도 되지?"

당연히 몰수당할 것이라 여겼던 인경은 문어 다리 하나만 떼자는 말에 귀를 의심했다. 통째도 아니고 절반도 아닌, 다리 하나만 떼자는 게 어딘가? 인경은 그가 승무조장이 들어오는 통에 통째로 몰수하지 못한 것이라고 여겼다. 다리 하나만 떼자는 말을 놓칠세라 인경은 얼른 그러라고 대답했다.

"네, 떼십시오."

"딱 하나만 떼는데 괜찮지?"

이제 그는 오히려 인경에게 사정하듯 빌붙는다.

"네, 두 개 떼어도 됩니다."

참으로 다행이었다. 장사는 엄연하게 당의 지시를 위반한 범죄인데도 몰수당하지 않게 된 인경은 처음부터 솔직하게 말하길 정말 잘했다고 생각했다. 승무원이 엎드려 배낭을 끌어당겼다.

"그냥 보내라!"

묵묵히 앉아있던 승무조장이 명령조로 말했다. 노기가 서린 조장의 말에 흠칫하며 일어선 승무원이 벌겋게 상기된 얼굴로 인경과 조장을 번갈아 보았다. 그제야 승무조장은 무참하게 상기된 젊은 승무원에게 자상하게 타이르기 시작했다.

"문어라는 건 상차림에 쓰는 건데 다리 하나를 떼어내면 상에 놓을 수 없지 않나. 다 먹고 살겠다고 나선 길인데 다리 하나를 떼면 그걸 어떻게 파나. 그대로 줘서 보내"

승무조장의 말에 다리 하나도 빼앗기지 않게 된 인경은 아버지를 만난 것 같아 눈물이 났다. 하늘이 무너져도 솟아날 구멍이 있다는 말처럼 사람에게 죽으라는 법은 없는 것 같았다.

"어디까지 가요?" 이번엔 승무조장이 물었다.

"신안주까지 갑니다."

인경은 승무조장에게 이 고마움을 어떻게 표현해야 할지 하나도 생각나지 않았다.

"그럼 빨리 내보내. 승강장까지 나가려고 해도 한참 걸릴 텐데 역을 지나치면 어떻게 해. 빨리 데려다줘."

역을 지나치면 한 역 사이를 되돌아가느라 고생한다며 승무원에게 같이 나가라고 한다.

쭈뼛해진 안전원은 벗어놓았던 완장을 차고 따라오라며 앞서 나갔다. 통로에는 짐과 사람들로 미어터지질 지경이다. 한발자국 내딛을 때마다 사람들의 악에 받친 신경질이 쏟아졌다. 승강장까지 불과 몇 미터 안 되는데 인경은 땀으로 흠뻑 젖었다. 헝클어진 머리카락이 땀에 젖은 얼굴에 달라붙었다. 열차가 역에 도착했지만 인경은 사람들 속에서 헤어나지 못하고 있다.

빽- 출발을 알리는 세 번째 기적소리가 길게 울렸다. 다급해진 승무원이 길을 내라고 소리치며 인경을 잡아 끌어냈다. 열차가 서서히 움직이려는 찰라 겨우 빠져나온 인경은 바로 뛰어내렸다. 그리고 멀어지는 승무원에게 허리 숙여 인사했다. 그러자 승무원이 목을 빼 들고 소리쳤다.

"아줌마, 다음엔 차표 꼭 떼고 다니오! 다시 걸려들면 용서 없소-!"

"네, 고맙습니다."

인경은 밝게 웃었다. 자신을 보내준 승무조장에 대한 고마움을 평생 잊을 수 없을 것 같다.

개찰구는 갓 열차에서 내린 사람들이 물밀 듯 몰려들어 혼잡을 이루었다. 서로 밀고 닥치면서 어디가 어딘지 알 수 없는 속에 들어선 인경은 단속실에서 받은 증명서를 손에 꼭 쥐었다.

"차표!"

개찰구에 다가서자 까만 철도복장의 안내원이 팔을 딱 뻗치고 서서 한사람씩 표를 받는다.

"여기… 있어요."

"이게 차표라고? 썩 나서라."

단속 증명서를 본 안내원은 경멸하듯 쓴웃음을 지으며 인경을 밀쳐냈다.

"주제에, 그걸 가지고 어디로 빠지겠다고?"

안내원의 뒤에 서 있던 철도복의 사내가 인경의 덜미를 낚아챘다.

"여기 열차에서 조사받은 증명서가 있어요."

"그런데, 뭐? 그게 차표야? 열차는 열차고, 역은 역이란 말이야."

철도복의 사내는 자기네가 할 일이 다르다며 단속 증명서를 구겨서 바닥에 팽개쳤다. 인경은 개찰구 옆에 있는 단속실로 끌려갔다.

뿌연 담배 연기가 자욱한 방안에 단속된 사람들이 차 있었다.

갓 20대로 보이는 젊은 철도복의 사내들이 숨이 막히는 속에서 한 사람씩 불러내며 조서를 작성하고 있다. 또 다시 열차에서 받았던 조사가 시작되었다. 이름, 주소, 직장, 어디로 가는가…

인경은 열차에서의 경험을 되새기며 솔직히 말하면 용서 받지 못할 일이 없다고 생각했다.

잠시 후 인경의 차례가 왔다. 철도복의 사내는 입귀에 꽂은 담배의 매캐한 연기 때문인지 가늘고 작은 눈을 찌푸리고 있었다. 언제 비웠는지 책상 앞에 놓인 재떨이에는 꽁초가 그득했다. 인경은 그가 묻는 대로 솔직하게 대답했다.

"장사? 장사하러 간다고?!"

"네, 물고기를 팔아서 어머니 약도 사고 쌀도 사야 합니다. 집에 앓은 어머니가 계십니다."

솔직하게 말하는데 어쩐지 두 다리가 후들거린다.

"여, 그건 내 사정이 아니고, 묻는 말에나 대답해."

"이 고기는 어디서 났어?"

사내는 가재미 눈처럼 쪽 찢어진 중에 한쪽 눈을 치켜떴다.

"시형이 보내준 겁니다. 어머니의 약을 사라고 구해서 보낸 것입니다."

"몰수다"

가재미눈은 다짜고짜 단마디로 처리했다. 긴말이 필요 없다는 태도다.

"왜 몰수합니까?"

순간, 인경이 자신이 어디서 이런 용기가 났는지 알 수 없다. 그러나 이미 말은 뱉어졌다.

"왜라니, 국가 고기니까 몰수하지 왜라니 무슨 말이야?"

그는 좁다란 얼굴에 비웃음을 바르며 이죽댔다. 인경은 더욱 부아가 치밀었다.

"이 고기가 국가 고깁니까?"

뒤에 단속된 사람들도 숨을 죽이고 있다.

"챠, 이런 행방돌이가 또 있네. 야, 이 국가 고기가 아니면 아줌마 거야? 가재미를 아줌마가 키웠어? 바다에서?"

말 같지도 않은 질문을 들이 대고 있는 가재미눈의 사내를 인경은 빤히 쳐다보았다. 그의 속셈을 알 것 같아 인경은 맥이 탁 풀렸다.

"그리고 이 가재미는 누가 잡았나?"

이제는 다 들으라는 듯 목청을 높인다.

"그건, 그건…."

당연히 어부들이 잡은 것을 누가 잡았냐고 하니 인경은 당황할 수밖에 없다.

"그럼 그 배는 누구의 배야?"

도대체 가재미눈의 남자가 무얼 말하려는지 갈피를 잡을 수 없다. 머릿속이 하얘졌다.

"……"

말 한마디 제대로 못하는 인경에게 철도복의 사내가 다시 물었다.

"개인의 배야?"

제법 조사랍시고 얄밉게 비아냥거린다.

"아닙니다. 국가의 뱁니다."

"그러면 고기잡이배가 저절로 나갔나? 노를 저어 나갔냐고?! 국가에서 말이야, 고기를 잡으라고 기름을 대주면 바다에 나가 고기를 잡아서 나라에 바칠 대신에 전탕 이렇게 빼돌려서 제 배를 채운다니까. 도둑질한 물품을 가지고도 뭐? 자기 고기라고?"

판이 이상하게 기울고 방안에 무거운 침묵이 흘렀다.

그의 말은 고기를 무조건 몰수하겠다는 뜻이다. 인경은 어쩐지 마음에 오기가 생기는 것을 느꼈다. 여기까지 다 와서 이렇게 빼앗길 순 없어, 내 물고기가 국가 것이면 장마당에서 팔고 사는 생선은 다 뭐란 말인가.

"그럼 장마당에 파는 고기도 다 국가의 고기란 말입니까. 차표가 없으면 차표에 대한 벌금만 물리면 되지 왜 개인물건을 회수합니까."

아까보다 도도한 인경의 태도에 가재미눈의 사내가 약간 놀라는 눈치다.

"이것 봐, 지금 차표가 없지? 그런데 당신은 죄를 지었고 우리는 국가재산을 제 물건처럼 팔아 잇속을 챙기려는 것을 단속해서 국가유치원에 보낸다는데 잘못됐어? 뭐가?"

그는 뾰족한 턱을 보란 듯이 쳐들고 작은 눈을 깜빡거렸다. 당의 지시대로 처리하는 것이니 어디 시비를 걸 테면 해보라는 태도다.

"그리고, 장마당의 고기? 장마당은 우리 구역이 아니야, 우리가 누구를 단속하든, 뭘 몰수하든 그건 우리 맘이야, 네가 알바가 아니란 말이야. 알아들었어?"

가재미눈은 아까보다 좀 더 여유작작한 어조로 말했다.

국가의 기름을 태워 국가의 배로 잡은 고기니 국가의 것이라는 데야 무슨 할 말이 있는가. 억이 막혀 소리 없는 눈물이 양 볼을 타고 주르륵 흘러내린다. 눈물을 흘리면서 인경은 가재미눈을 찬찬히 바라보았다. 할 말이 많았지만 말해도 소용없는 짓이다.

"왜? 이걸 단속해서 우리가 먹는 줄 아는 모양인데? 물고기는 몰수해서 모두 지역 유치원에 보내게 돼 있어. 유치원에 공급할 물고기를 개인들이 도둑질하는 바람에 어린이들을 먹이지 못하는 것 아니야? 그러니 우리가 할 일이 뭐갔어?"

무언가에 찔린 것처럼 가재미눈이 제 입으로 설명을 구구하게 늘여놓는다.

인경은 눈물범벅이 된 얼굴로 방안을 휘둘러보았다. 모두 숨을 죽이고 광경을 지켜보고 있다.

"자자, 얼른 마무리하기요"

짤막한 다리를 한쪽 무릎에 올려놓은 그는 인경을 다그쳤다.

"음, 조서를 쓰고 갈 테요, 그냥 갈 테요?"

그가 내민 누런 종잇장에는 가로줄이 쳐져 있었다. 뿍 찢어내도 전혀 이상할 것이 없는 것에 불과한 종이뭉치다. 가재미눈의 뻔한 속심을 읽은 인경은 한시바삐 그곳을 벗어나고 싶었다.

가재미눈은 단속한 자료를 해당 소속기관에 보고되지 않도록 관대히 봐줄 테니 조서를 쓰고 말고는 인경이가 선택하라고 한다. 나름 생각해서 선심을 써준다는 것이다. 어차피 빼앗길 것이면 조서를 쓰고 말고 할 이유가 없다고 생각한 인경은 그냥 가겠다고 말했다.

철도복의 사내는 낯에 번지르르한 웃음기를 바르며 잘 생각했다고 한다. 그의 가증스러운 낯짝에 침을 뱉고 싶었지만 인경이가 할 수 있는 것이란 빈 배낭을 들고나오는 것뿐이었다. 인경은 부들부들 떨리는 손으로 가재미와 문어를 꺼내놓았다.

가재미를 팔려고 할 때 내장이라고 끓여 드시고 싶다던 어머니의 모습이 눈앞에 얼른거려 목이 메었다.

"아 에미야, 그 가재미를 손질해서 파오. 가재미 비늘도 치고 내장은 끓여 먹게······"

생선내장을 빼면 값이 떨어진다며 부득부득 우기고 떠난 것이 뼈저리게 후회됐다. 그렇게 드시고 싶어 하는 생선을 모조리 가지고 나와서 통째로 빼앗겼으니 집에 어떻게 들어간단 말인가. 생각할수록 막막했다. 이제나저제나 어머니의 약값을 기다리고 있을 남편과 누워계신 어머니를 무슨 낯으로 볼까. 100리 길에 돌아갈 차비도 없이 빈손으로 돌아선 인경은 천근만근 무거운 마음으로 산길 지름길에 들어섰다. 우중충한 구름 사이로 조각달이 헤엄치고 컴컴한 숲속에서 부엉이가 부엉~ 부엉~ 걸음을 재촉했다. 인경은 보는 이도, 듣는 이도 없는 산길을 한없이 울며 걸었다.

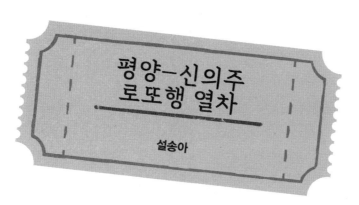

평양—신의주
로또행 열차

설송아

설송아

1969년 평안남도에서 태어났다. 2015년 북한 인권을 말하는 남북한 작가 공동 소설집 「국경을 넘는 그림자」에 단편소설 「진옥이」를 발표하며 소설가로서의 활동을 시작했다. 북한 인권을 말하는 남북한 작가 공동 소설집 「금덩이 이야기」, 「꼬리 없는 소」, 「단군릉 이야기」와 경원선을 주제로 한 소설집 「원산에서 철원까지」에 참여했다. 논문 「경제난 이후 북한 지방경제 변화연구: 평안남도 순천시 사례」로 북한학 석사 학위를 받았으며 공저 [문화어 수업] 책을 발간했다. 현재 자유아시아방송 기자, 국제펜클럽 망명북한펜센터 작가로 활동 중이다.

"아이고 골이야."

지끈지끈 머리가 쑤셔났다. 두통을 참다못해 비몽사몽 눈을 뜨니 벌써 아침이다. 창문을 드리운 커튼 사이로 햇빛이 영화관 조명처럼 비쳐들었다. 아침 8시다. 진옥은 일어나야 했다. 세 시간 후, 그러니까 오전 11시면 신의주-평양행 열차를 타야 한다.

아픈 머리 싸쥐고 침대에서 일어나니 갈증이 밀려왔다. '냉수가 있더라.' 그녀는 어제 하룻밤 숙박한 여관방을 둘러보았다. 침대 맞은 켠 작은 냉장기가 보인다. 그 안에

신덕샘물 상표가 동그랗게 나붙은 물병이 있었다. 그녀는 물병을 끄집어 뚜껑을 비틀어 얼음처럼 찬 물을 꿀꺽 꿀꺽 쏟아 마셨다.

"어…어… 살 것 같네."

내장이 뻥 뚫리듯 정신이 들었다. 어제 술을 과하게 마셨나 보다. 40프로 술을 두어 병 마셨으니 강철이 아닌 이상 머리든 배든 아프지 않으면 정상 아니다.

어제저녁 진옥은 신의주 철도역 검찰소 검사와 술을 마셨다. 술자리는 그녀가 마련했다. 사실 술자리는 아니다. 이를테면 어디 가나 흔하디흔한 뇌물총화랄까.

며칠 전 진옥은 순천 화물역에서 시멘트를 싣고 출발해 서평양 조차장에 도착했고, 다시 평의선 철도로 신의주에 도착하였다. 신의주에서 시멘트를 최종 판매하고 처리하는 데 그 검사의 도움이 컸다. 전부 도와준 건 아니다. 시멘트를 싣고 온 열차 화물에는 중국에 밀수할 파동이 숨겨져 있었다. 그 파동을 밀수장소로 운반하는데 뒤를 봐준 법관이다.

그녀는 검찰과의 인맥을 일부러 시도해 본 적은 없다. 우연인지 필연인지 모르겠지만 불법 장사가 인연이라면 인연이다.

　아마 그때가 약장사로 한창 잘나가던 시기이다. 그는 페니실린 분말을 제조하면서 한쪽으로는 유엔에서 들어온 종합영양제를 모방해 제조하며 시장에 팔았다. 물고기 비린내에 파리가 몰리듯 보안원들은 돈 냄새 맡는 데는 귀신 한가지다. 그들은 늘 진옥을 노렸다. 뒤통수를 쳐서라도 돈 좀 뽑아내자는 꼼수다. 숙박 검열 구실로 가택을 수색하는 일이 가장 많았다. 그녀가 보안서장에게 뇌물을 준 이후부터 그들은 그 짓을 멈추었다.

　보안서 간부와 관계가 좋아지니 이번에는 인민반장이 심술부렸다. 그녀는 당시 역세권 아파트로 이사를 왔었다. 시장에서 판매하는 수입산 싱크대와 가구를 사들이며 집 내부를 인테리어 하는데 검찰소 검사가 찾아왔다. 수입 대 지출이 맞지 않게 산다며 검찰소에 주민 신고가 들어왔다는 것이다. 사돈이 땅 사면 배 아프다 했던가. 옛날 말 틀린 데 하나 없다. 인민반장 짓거리다.

　"무슨 장사하며 사는지, 장사 수익은 하루에 얼마인지 그대로 자세하게 써…"

　책상 하나 놓여있는 검찰소 조사실에 그녀를 앉혀놓고

조사를 담당한 검사가 말했다. 책상에는 종이가 놓여있었고 그 위에 볼펜이 있었다.

"지금은 잘살아도 죄인이네요" 그녀의 눈빛은 이렇게 말하고 있었다. 그는 하루 종일 조사실에서 이 일 저 일 장사꺼리들을 생각나는 대로 썼다. 저녁이면 검사가 들어와 다 쓴 진술서를 읽어본다.

"다시 써." 검사는 거의 기계처럼 피의자의 얼굴을 보지도 않은 채 진술서만 가지고 나가고 다음 날 또 들어오기를 반복했다.

사흘째 되던 날 진옥은 다시 들어온 검사에게 또렷하게 말했다. 긴장했고 지쳤지만 겁먹지는 않았다.

"검사 동지, 먹고 사느라고 장사한 겁니다. 내가 벌어서 내가 먹고살았는데 그게 죄인가요… 평성 장에서 공업품 넘겨다 팔고… 가끔은 과일도 팔고… 돈벌이 그대로 쓴 겁니다."

검사는 그 말을 들은 척도 안 했다. 며칠 동안 진술서에 쓴 내용을 반복해 물으며 또다시 쓰라고만 압박했다. 다른 장사가 있다는 것이다. 지레짐작으로 검사는 그녀가 분명 필로폰을 만든다고 생각하고 있었다. 큰돈 버는

사람들은 대부분 마약에 손대고 있다는 게 법관들에게
는 기정사실이었다.

"솔직히 말하면 용서해주고… 공업품 달리기나 하면서
돈을 물 쓰듯 못하지… 집까지 샀다며? 제대로 말 안하
면 교화감이야… 알아서 해…"

"아, 이런 버선목이라구야." 진옥은 머리를 들고 두 눈
에 눈물을 글썽거리며 말했다.

"지금 농촌 사람들도 감자 농사지어서 집을 사는 세상
인데 시내 바닥에서 장사 좀 해서 집을 산 게 무슨 죄가
됩니까. 제가 나라를 팔았습니까. 반역죄를 저질렀습니
까. 남다 하는 장사해서 집을 샀는데… 어떤 년이 신고했
는지 남 잘사는 게 배 아프니 생사람 잡는단 말입니다."

그녀의 목에서 핏대가 파들파들 떨고 있었다. 더 이상
그는 말하지 않았다. 검사는 그녀의 입에서 자신이 원하
는 큼직한 사건이 터져 나오리라고는 건 어렵다는 것을
깨달았다.

필경 이런 사람들은 공포를 줘봐야 소리만 지를 뿐 미
꾸라지마냥 빠져나간다. 차라리 자기의 뒤를 대줄 대상
으로 포섭하는 게 현명하다. 검사들도 돈 있어야 직업을

유지할 게 아닌가. 그래서 법관들은 심문을 하면서도 피의자를 타진한다. 진술보다 먼저 심문에 대처하는 피의자의 능력을 본다는 말이다. 더욱이 돈이 많은 사람들이 검찰소에 단속되면 타깃 중의 타깃이다.

일주일 후 그녀는 무죄로 나왔다. 이후 진옥은 심문했던 검사를 집으로 초청해 식사 자리를 만들었다. 별 다른 의미는 두지 않았다. 검사와 친해서 좋으면 좋았지 나쁜 일은 없다. 검찰소의 전화 한 통이면 보안서도 "예예." 한다. 같은 사법기관이어도 등급이 다르니까.

"검사 동지도 저 같은 사람 하나쯤 건사하면 나쁠 건 없을 겁니다……"

진옥은 선수 쳤다. 누가 먼저 낚시를 던졌든 그건 중요하지 않았다. 먹이사슬 관계가 서로를 필요로 한다는 건 그녀만이 아니었다. 검사는 비사검열이 언제 나온다는 등 여러 가지 정보를 진옥에게 주었고 그때마다 그녀가 챙겨주는 돈을 가져갔다. 친분 관계는 돈독해졌고 진옥이도 검사도 어깨가 으쓱했다. 그녀의 장사 범위가 넓어질수록 검사의 권력지반도 탄탄해졌다. 마치 불법 다단계가 존재함으로 이 세상이 돌아가는 듯했다.

"그러고 보면 세상은 불법 천국이야, 합법이라는 게 어디 있어?… 살아 숨 쉬는 것들이 다 불법 아닐까…" 진옥은 혼자 되물었다.

그가 시멘트를 수송하려 국가 화물열차를 임대한 것도 불법이다. 철도국 간부에게 화물열차인 빵통 두 개를 받는 데 400달러 주었다. 그 달러가 철도 자금으로 이용되었다면 합법인가.

그건 그렇다고 치자. 돈을 받았으면 제대로 된 빵통을 줘야 할 게 아닌가. 뇌물을 챙기는 와중에도 철도 간부들은 돈 액수에 따라 새 빵통 낡은 빵통 차별을 두었다.

그녀는 열차 화물에 바라 시멘트를 실어야 했다. 천조박지로 빵통 구멍을 메우고 시멘트를 상차할까 생각도 했으나 화가 났다.

"400달러가 옆집 아들 이름이냐." 그는 화물역 사무실로 찾아가 소리쳤다.

"아니 나 참, 신경질나게스리… 빵통 준거예요? 소달구지 준 거예요?…사람 우습게 보지 말라요. 전쟁판에 빵통도 저거보다는 낡지 않았겠어요… 신의주까지 가야 되는데 가는 도중에 다 새고 뭐 남아요…?"

"아주머니, 새 빵통은 국가화물수송계획으로 다 물렸어요… 그것도 겨우 뽑아 준 건데…"

기다렸다는 듯 철도 간부가 정색해 말했다.

"무슨 말라빠진 국가계획이에요?" 되받아친 그녀가 또 말했다.

"풀칠이 약하면 약하다고 속 시원히 말해요. 대사 망치게 하지 말고…"

"거시기 달구 쬐쬐하게[1]" 진옥은 이 말까지 덧붙이려다가 참았다.

"새우들은 모르니까 윗대가리보고 말해요……"

간부라는 작자가 태연하게 말했다. 빵통이 낡았어도 임대하려는 사람들이 줄서 있으니 싫으면 그만두라는 말투다. 전봇대마냥 키가 큰 양반이 거들거들 긴 다리를 책상 위에 올려놓고 아주 그냥 그녀의 약을 빡빡 올렸다.

"대가리는 무슨 윗대가리?… 여기서 배정하는 거 다 알거든요." 열불 난 그녀는 짜증난 목소리를 쥐어짜며 말했다.

---

1 '쩨쩨하다'의 북한어.

"아 글쎄, 지금 없다니까… 며칠 기다리던지 그럼…" 간부가 되레 소리를 질렀다.

"통일될 때까지 기다려요?… 세월아 네월아 하구요?, 달러가 우선이지… 새 빵통으로 바꿔줘요."

방법이 없다. 어성을 높여야 목청이나 아팠다. 그녀는 100달러 지폐 두 장을 더 내놓았다. 그때서야 간부는 히죽이 웃더니 기계공장에 배정했던 새 빵통을 돌려준다며 빵통 번호를 알려주었다.

철도 간부들이 여객열차보다 화물열차로 배치되려 한다더니 일리가 있었다. 여객열차로 장사해봤자 열차표나 팔고 장사 짐 날라주며 내화 몇 푼 집는다. 그러나 화물열차는 국가계획으로 빵통을 배정하면서도 큰소리치며 뇌물을 챙긴다. 1급 공장 기업소가 석탄연료를 수송할 빵통을 국가폰트로 받아도 달러뇌물 없이 빵통을 배정받는다는 건 야무진 꿈이었다. 해가 갈수록 화물열차 다루는 간부들의 장사수완이 프로급 수준으로 발전하고 있다. 사령실에 앉아서 화물 열차를 여기저기 달아라 말아라 하는 것들이 모두 달러로 계산되는 화물편성이었다.

사실 진옥은 파동만 없으면 낡은 빵통도 괜찮았다. 하

지만 60톤 빵통으로 운송해야 할 시멘트 안에는 파동 3톤이 숨겨져 있었다. 시멘트만 운송해 신의주로 도매해도 원금 세 배의 이윤은 남는다. 그러나 밀수로 넘길 파동 수익에 비하면 그 돈은 새 발의 피다. 파동 수송은 철저한 위장이 필요했고 안전을 담보해야 했다.

신의주로 떠나기 전 진옥은 자기를 취조했던 검사에게 전화했다.

"검사 동지, 신의주에 갔다 오려는데… 증명서 한 장 부탁하고 싶어서요."

"국경지역에 무슨 볼 일 있어 가는데?…"

신의주는 국경이라 예민한 곳이다. 언제부터 국경? 하면 탈북 상징이 되고 말았다. 국경지역에 무슨 볼일 있냐는 검사의 물음도 "강 건느려는 거 아니지?"라는 말을 에둘러 한 말이다.

"신의주에서 시멘트 100톤 주문 들어왔어요. 갔다 오는 길에 평양에 볼일도 있고 해서…"

그제야 검사는 흔쾌히 말했다.

"증명서는 낼모레쯤 떼놓을 테니까 사무실에 들려 가져가."

이틀 후 검사는 증명서를 주었다. 그는 신의주에서 무슨 일이 생기면 신의주 철도역 검찰소를 찾아가라고 했다. 대학 동창 친구가 검사라면서 자기 이름 대면 무슨 일이든 도와줄 거라고. 그 검사에게는 사촌 동생으로 소개하였다. 이미 자기와 깊숙이 엮인 그녀가 어디서든 법망에 걸려들면 그 불똥이 자기에게 날아오지 않는다고 장담하지 못한다.

신의주 화물역은 신의주역에서 조금 떨어진 강안에 있었다. 화물역이라지만 평양과 국경 사이 연결된 철도여서 그런지 단속 분위기가 달랐다. 철도 보안원과 보위대, 경무원들이 화물열차가 신의주 국경도시에 들어설 때마다 역 주변을 둘러싸고 있었다. 그들은 이 잡듯 열차에서 내리는 사람들의 국경증명서와 신분증을 검열했다.

진옥은 증명서 검열을 마친 즉시 신의주철도역 검찰소를 찾아갔다. 시멘트를 넘기고 파동을 밀수하는 과정에 함께 움직일 신의주 대방은 있었다. 그 대방은 신의주 본토박이다. 그래서 이 지역 법관이나 국경경비대를 끼고 움직이기로 약속되어 있었지만 갑자기 그녀는 생각이 달라졌다. 단속함정에 걸려들면 타지에서 온 그녀는 한 방에 가버리는 수가 있다.

"검사 동지, 최 검사 동생입니다." 진옥은 인사했다.

초면이었지만 검사는 자기를 찾아온 친구 동생이라며 반갑게 대해주었다. 그녀는 솔직하게 시멘트 안에 파동이 있으며 밀수하려는 것까지 솔직하게 말하고 도움을 청했다.

"시멘트 하차 일공부터 소개해주십시오, 그 안에 파동이 있거든요. 검사 동지가 잘 아는 사람들이 동원돼야 합니다. 도와주십시오. 파동을 압록강까지 운반할 수 있는 차도요."

진옥은 일공 노임과 서비차 비용을 선불했다. 그리고 뒤를 봐주는 대가로 천 달러 주기로 약속했다.

검사는 처남이 소속된 도당 민방위훈련소 사람들을 일공으로 데려왔고 민방위훈련소 화물차를 대기시켰다. 운이 좋았는지, 검사의 덕분인지 시멘트를 넘기고 파동을 운반해 밀수하는 과정은 마무리가 깨끗했다.

일을 마친 진옥은 검사를 저녁 식사에 초대했다. 식사 장소는 중국 단동이 바라보이는 압록강각이었다. 압록강각 건물은 외형이 전통 구식을 갖추고 있지만 내부로

들어가면 자본주의 뺨치는 봉사시설이다. 칸막이 룸에서
의 저녁 식사는 중국요리에 술 한잔으로 시작했다.

"검사동지, 콜짝콜짝 알잔으로?…고뿌로 마셔야 술맛
나지 않을까요…"

초면이라 딱딱한 분위기 살릴 겸 진옥은 일부러 술꾼
이라는 티를 팍팍 냈다. 그리고는 테이블에 놓여있는 물
컵을 나란히 세우고 술을 찰랑찰랑 부었다.

"여자가 어디서 술 배웠어?"

"술 마시는 데 무슨 여자고 남자고 있습니까…"

퉁명 절반 애교 절반 그녀가 말했다. 술이라는 게 뭐
남자 상징인가. 아무튼 맥을 추지 못하면서 남자라고 생
겼으면 짐꾼이든 간부든 여자를 대놓고 무시하니, 남자
는 하늘 여자는 땅이다.

"하긴 그렇지, 여자라고 술을 못 마신다는 법이 없지."

검사가 허거프게 웃으며 술잔을 들었다. 얼마나 마시
는지 흥미가 끌리나 보다.

"그럼요." 그녀도 보란 듯이 술잔을 들었다. 술 한잔 기
울이니 분위기도 올랐다.

진옥은 다시 술병을 손에 들고 비어있는 술잔으로 기

울었다. 그리고는 두 손으로 술잔을 건네면서 진심으로 인사했다.

"이번에 도와주셔서 고맙습니다."

활기찬 목소리였다. 에너지가 그대로 술잔에 스민 듯 술잔을 받아드는 검사도 "술맛이 꿀처럼 달구만 달아" 미소를 지었다. 그가 술안주를 집는 사이 그녀는 달러를 말아 넣은 담뱃갑을 수저 옆에 놓았다. 무슨 말인가 하려던 검사는 입 안의 음식 때문인지 머리를 끄덕이며 눈웃음을 지었다. 그리고는 담배를 옷 안주머니에 넣었다.

진옥은 다시 술잔을 붓고, 둘 다 술잔을 들어 마셨다. 검사도 술을 꽤 잘 마셨다.

"신의주에는 처음인가?" 검사가 물었다.

"네, 처음입니다. 회령으로 오이 장사 몇 번 해보다 빵통 장사에 눈 트였거든요. 빵통으로 움직이면 그래도 돈벌이는 짭짤합니다." 어지간히 술 문이 열렸는지 말문도 저절로 터진다.

"빵통장사가 쉽지는 않지… 시멘트 백 톤이나 움직이려면 밑천도 만만치 않을 텐데 말이야… 대단해."

검사가 칭찬 절반 궁금증 절반 드러내며 말했다. 시멘

트 100톤을 움직이려면 물량을 사들일 자금 밑천은 어떻게 마련하는지, 아니면 자기 돈인지 알고 싶은 것이다. 역시 법관은 뒤를 캐는 수사가 본능적이다.

"내 돈도 있고 거의 이자 돈으로 움직여요. 천 달러부터는 이자가 매달 5%거든요. 돈을 많이 빌릴수록 이자가 눅어요. 돈 장사꾼들도 돈을 굴려야 돈을 벌죠. 장사쩨마가 확실하다 하면요. 음… 그러니까 나처럼 시멘트 판로가 정해진 사람한테는 자기 돈을 쓰라고 찾아옵니다."

진옥은 물주와 돈주들이 얽혀있는 장사의 세계를 재미있게 말했다.

"돈이 없어도 됩니다. 시멘트를 외상으로 받거든요. 시멘트공장 출하창고장만 끼면 백 톤 뽑아내는 건 일도 아닙니다."

그녀는 이어서 말했다.

"회령은 국경이지만 지역이 작거든요. 오이나 고추, 뭐 남새를 한 빵통 신고가면 통째로 맞돈할 사람이 별로 없어요. 생각하다 하다 이왕이면 신의주로 가는 게 낳겠다 무릎 탁 쳤어요… 머슴도 큰집 머슴하라고 그러지 않습니까… 신의주장사로 돌았죠, 신의주가 유명하다… 이런 말 들었지만 이~야… 이번에 와보니 진짜…"

"이 바닥 잘해야지 토박이 아니면 금방 드러나…"

"그런 것 같습니다. 정주에서 화물 단속하는 데 말입니다… 신통히 초짜들만 골라내는데 완전 귀신 한가지… 척 보면 삼천리인가…"

"그렇지, 벼알 골라내는 데는 선수야… 토박이는 연줄 연줄… 다치려고 안해… 신의주로 들어오는 빵통 화물은 까딱하면 꺼떡이야… 셈판 알고 덤벼야지 한방…" 검사는 손바닥을 가로 펴고 허공을 가르며 말했다.

뼈대 있는 말이다. 법관이 하는 말은 센스있게 들을 줄 알아야 한다. 신의주에 터를 잡으려면 자기 뒤에 줄 서라는 말이었다. 그녀는 눈치를 알아채고 말했다.

"다음에 오면 또 도와주십시오."

"언제 또 올 계획 있나?"

"평양 들렀다가 일 보고 다시 들어올 겁니다."

"평양에는 무슨 볼일 있어?"

"외상 돈 받을 것도 있고… 소고기 넘길 게 있어서요."

"소고기?"

"……"

아차, 무심결에 한 말인데 실수였다. 그는 궁금하다는 듯 눈빛을 세웠다. 어디까지 말해야 될까. 소고기를 파는 건 불법을 넘어 반역자면 반역자다. 유사시에 부림소는 전시물자를 수송하는 운송기재다. 그래서 소를 죽이면 전시법으로 살인자로 처형될 수도 있는 세상에 소고기를 판다? 바보 아닌가?. 쏟아낸 말을 주워 담을 수도 없다. 에라이 모르겠다. 솔직히 말해버리자.

"어파에 친구가 있거든요. 그 남편이 수의사를 하면 서……"

사실 친구가 아니라 삼촌이었고 어파가 아니라 평원이 었다. 소고기를 넘겨받는 것까지는 말해도 누구라고 정확히 말하고 싶지 않았다. 그녀는 말 보따리를 풀었다.

"농촌에선 수의사가 '저놈 늙었네', '부림소로 부리지 못합니다요' 하고 진단하면 바로 잡거든요. 소를 잡았다 하면 쉬파리들이 여기저기서 달려드는데… 리당비서가 간이 나쁘니 소 눈알 내놓아라 통째로 가져가고…"

"소 눈알?" 그가 갑자기 말했다.

"그럼요. 소 눈알 한 개 뽑으면 밥사발 만합니다."

손시늉하며 말하던 진옥에게 갑자기 촉이 왔다.

"아 검사 동지도 소 눈이 필요합니까?"

"……"

그는 즉답을 피했다. 알아서 하라는 눈치다. 그녀도 약 삭빠르게 하겠노라 말하지 않았다.

"제가 부탁해 볼게요." 그리고는 소고기 장사하던 이야 기를 이어갔다.

"좌우간 소 한 마리 잡아야 군부대 공급하고 간부들 공급하고… 농장에서도 좀 팔아야 비료 살 돈을 마련하 거든요. 이번에 떠나면서 전화해봤더니 마침 소를 잡는 다고… '뒷다리 하나 넘겨라' 했어요. 평양에 가는 김에 인 사할 사람도 있고, 평양가면 지방보다 소고기를 비싸게 팔 수 있어요…"

96년도 진옥은 소고기 장사를 해본 적이 있었다. 삼촌 은 농촌 수의사, 이모는 평양 만경대선물악기공장 부기 원이었다. 둘 다 장사할 노다지를 손에 쥐고 있어도 장사 할 방법을 몰랐다.

그녀는 삼촌이 일하는 농장 축산반에 페니실린 천대 넘 기려 간 적이 있었다. 그날 어느 리에서 소를 잡았다며 삼 촌에게 연락이 왔다. 수의사들끼리 나름 통하는 게 있다.

각 리마다 수의사가 있었는데 어느 농장이든 소를 잡는 날이면 서로 연락하고 모여 앉아 술 마시는 게 관례다.

"삼촌, 소고기 가져올 수 있으면 가져와요. 팔아줄게요. 돈벌이도 다 때가 있어요. 날 잡았소 하고 소 동지가 찾는데 그냥 오려구요?." 조카가 말했다. 장난기가 섞여도 훈시가 묻어나는 조카의 말에 삼촌도 장난 절반 진담 절반 물었다.

"소 동지가 뭐니? 네 혁명동지니? 허허… 소고기? 그건 어렵지 않지… 맞돈 줄 수 있니?"

"가져오기만 해요. 걱정하지 말고요."

그날 저녁 삼촌은 소고기 뒷다리를 자전거에 싣고 왔다. 20킬로 넘었다. 다리 관절부터 자르고 다시 마디마다 잘라내 네모나게 포장했다. 일단 얼려야 한다.

"삼촌, 이 동네 냉동기 있는 집 없을까요?"

"냉동기 있는 집이 어디 있니? 없지라… 아 맞다, 읍에 가면 재포(재일동포)네가 있을 거야." 삼촌이 말했다. 이내 삼촌은 부뚜막에 못을 박고 걸어놓은 호박바가지를 벗기고 그 안에 달걀을 담으며 중얼거렸다.

"맨입에 가면 누가 얼려주겠어?… 달걀도 돈이니까 이

걸 주고 소고기 얼려오마."

삼촌은 어깨에 소고기를 메고 손에는 달걀 바가지를 들고 나갔다. 그는 재포에게 맏누이 둘째 딸이 결혼식을 한다고 조카가 알려주러 왔기에, 집에서 기르던 돼지를 잡아 고기를 가지고 내일 떠나려고 하지만 가기 전에 고기가 변질될까 걱정되니 냉동해달라고 부탁했다. 다음날 꽝꽝 얼린 소고기를 찾아다 비닐로 세 겹 네 겹 포장했다. 그러면 상온에도 8시간 냉동상태는 끄떡없다.

그렇게 평원에서 평성까지 벌이버스 타고, 평성에서 평양까지는 걸어갔다. 평양 증명서가 없이는 열차나 버스를 탈 수 없었던 것이다. 그녀는 평성 배산점에서 하루 묵고 새벽 4시에 배산마을 뒷산을 넘어 평양으로 들어갔다. 그 산을 넘으면 평양 초입구인 련못동 입구와 연결되어 있다. 련못동에 도착하면 평양 시내로 들어가는 첫 버스가 새벽 5시부터 운행되었다.

평양에는 이모가 살고 있었다. 이모는 간부아파트에서 살고 있다. 소고기가 워낙 귀하다 보니 간부라고 해도 소고기는 쉽게 먹어보지 못한다. 이모 집 주변 아파트를 오르내리며 소고기를 킬로 당 외화 바꿈 돈 5원을 받았다.

바꿈 돈은 달러와 같았다. 소고기를 먹어본 사람들은 또 주문하였다.

"8호 목장 소고기인가요? 딱 그 맛이에요. 연하고 달아요."

"연회장에서 먹어본 소고기 맛인데요."

소고기를 팔아 쥔 달러로 진옥은 만경대선물악기공장에서 제작된 기타와 손풍금을 샀다. 공장 부기원인 이모의 수완이면 학교배정 폰드로 서류를 위조하고 국정가격으로 악기를 가져온다. 선물 악기는 음향부터 달랐다. 평성에 나가 '평양선물악기공장 악기'라는 광고표지만 들고 서 있으면 한 시간도 못되어 불티나게 팔렸다. 볼 줄 아는 사람은 누구도 토 달지 않았다.

장사에 장도 모르고 살았던 평양 이모는 불현듯 '이래도 되나' 조카가 팔아주는 돈을 받아 쥐면서도 걱정했다. 그러나 식량난은 아주 짧은 시간에 평양사람이든 농촌사람이든 생존본능을 그대로 드러내며 이들의 인성을 송두리째 바꿔놓았다.

새옹지마라고 할까. 촌것들은 보지도 않던 평양 이모가 장사를 배워주는 촌놈 조카를 선생으로 모시기 시작했다. 그리고 능력을 발휘해 공장 악기를 빼내왔다.

수의사 삼촌도 빠르게 변했다. 작업반 부림소를 바라보다 괜찮다 싶으면 누가 봐도 그럴싸하게 병진단하였다.

"이 소가 병에 걸렸소… 폐충이요. 없애야 합니다."

폐충에 걸린 소는 즉시 잡아야 한다.

"저 소가 왜 다리 절죠?… 빨리 걷지 못하네… 부림소가 저러면 안 되는데 진단해봐야겠네요."

그다음 날 그 소는 '앞다리 관절염 심함'으로 진단된다. 부림소의 역할을 더 할 수 없다는 말이었다.

산을 넘나들며 평양에 들어가던 진옥은 어느 날 평양시민증을 위조했다. 평양이모 둘째 딸이 그녀와 나이가 같았다. 그의 시민증 사진을 도려내고 그녀는 자기 사진을 묘하게 붙였다. 그렇게 8개월간 평양을 드나들며 소고기 장사를 하였다. 한데 어느 날, 그는 평양으로 들어가는 동북리 초소에서 예리한 보안원에 위조시민증을 들통나고 말았다. 간리집결소에서 6개월 강제노동을 한 뒤 그녀는 소고기 장사를 그만두었다.

"평양시민증을 위조하다니 대단하네, 위조기술은 어디서 배웠나?…" 검사가 물었다.

"배워줘서 하나요? 살아남으려니 머리를 쓴 겁니다…… 그때 외상으로 뿌린 소고기 값을 받아야 하거든요. 이번에 들려서 다 받아야죠……"

"평양증명서 필요하면 전화해."

검사는 눈썹을 치뜨며 말했다. 그녀가 원하는 건 무엇이든 해줄 상 싶었다.

"정말요?"

"……" 그는 머리만 몇 번 끄덕였다.

빈말 같지는 않았다. 그녀는 또 하나의 징검다리를 놓은 기분이었다. 누가 그랬던가. 법관을 사귀는 것 숫자만큼 길이 열린다고. 진옥은 술잔을 들어 건배를 제안했다.

"주량이 도량이라 했던…" 검사 양반도 술잔을 들면서 말했다.

"지금 절 칭찬하는 거 맞죠?"

여자가 어디서 술 배웠냐 하더니 주량이 도량이란다.

그녀는 테이블 왼쪽 벽으로 나 있는 창문을 열었다. 시원한 강바람이 얼굴이며 목이며 팍 스쳐드는 감촉이 좋았다. 그 바람은 검사가 입고 있는 잠바자락 안을 휘감더니 온몸을 나돌았다. 달아오른 몸들이 압록강 바람에 그대로 내맡기고 있었다.

창가 너머로 압록강이 보인다. 강 한가운데 중국 관광선이 천천히 지나갔다. 그 안에서 중국 관광인들이 사진기로, 혹은 핸드폰으로 신의주를 찍느라 정신이 없다. 그들에게는 국경도시 신의주가 관광대상이 아니다. 폐쇄된 나라에 있는 모든 것들, 건물이며 버스며, 진옥이 내다보는 창가 주변까지 신기할 뿐이었다. 그래서 아프리카 원주민 바라보듯 초점들이 집중되었다. 혹간 압록강 기슭에서 여인이 빨래하거나 자전거를 타고 가는 남자가 보이면 마치 죽었다고 생각했던 사람이 살아 움직이기라도 한 듯 렌즈를 확대하며 사진을 찍어댔다.

취기가 올랐는지 창밖을 바라보던 검사가 여담을 하였다.

"저 중국인들 여름에도 뜨거운 차 마시잖아… 옛날부터 중국에 물이 귀했거든, 음식할 때 제대로 씻을 수 없으니까 기름에 튀겨서 위생을 지켰지, 그러니 몸 안에 쌓인 기름을 씻어내려고 차를 마시기 시작한 거야… 이빨 닦기 싫어 차를 마신다는 말도 있지만…… 그래도 중국 남자들을 보면 여자는 신주 모시듯 해… 그러다가도 돈을 벌 때는 아예 뿌싱 뿌싱하면 완라야…"

그는 중국인의 풍습에 머리를 흔들며 중국어를 서툴게 발음했다.

"중국에 가보셨나요. 어떻게 그렇게 잘 압니까."

"가봐야 아나… 흔한 게 중국 사람이지…"

"하기는……" 진옥은 소리 내어 웃었다.

해방 전부터 신의주는 무역도시로 개발된 도시다. 신의주와 중국 단동을 잇고 있는 압록강철교도 1910년대 건설된 것이니 중국인에게는 신의주가 옆집 동네일거야. 중국 관광객들이 지금도 하루에 수백 명씩 신의주로 오고 있다. 중국인은 외국인이 아니라 윗동네 아저씨마냥 느껴지는 이유다.

어둠이 깃들자 압록강 철교에 빨갛고 파란 불빛들이 아름답게 장식되기 시작했다. 그러나 그 불빛은 철교 중심에서 끊어졌다. 신의주로 이어진 다리 방향으로는 불빛 한 점 없이 컴컴하다. 전기가 없으니 철교 불빛마저 분단된 것이다. 창밖으로 보이는 압록강 철교의 명암을 바라보며 진옥이도, 검사도 웃을 수가 없었다. 지긋지긋한 가난이랄까. 그들은 술병을 기울였다.

평양-신의주행 열차가 들어왔다. 평의선 열차는 신의주, 용천 등을 지나 평안도의 서북부지역인 신안주, 문덕, 어파를 거쳐 간리, 평양으로 이어지는 간선철도를 따라 운행된다. 평의선 철도의 특징은 평야지대이다. 북부철길 방향으로 운행하는 평라선이나 경원선 열차처럼 높은 고개를 넘으며 기관차 마력이 모자라 사고 날 걱정은 없다.

그래서인지 일본은 오래전부터 신의주를 군사전략적 지역으로 주목하였다. 19세기 초 러일전쟁을 일으킨 일본은 중국 대륙과 잇닿은 신의주에 관심을 두었다. 신의주에서 한반도 중심인 경성까지 철도를 건설하고 군수물자와 병력을 열차로 수송하였다. 해방 후 나라가 분단되면서 경의선은 평의선 철도로 단절되었다. 하지만 경의선 철도는 지금도 그대로 사용된다.

그때로부터 신의주 철도역사는 많이도 변했다. 역사 외부도 내부도 현대적으로 개건되었다. 기존에 없던 지하도가 생겼으며 역사 안에도, 열차가 들어오는 철길 옆 홈 바닥에도 화강석을 깔아 곱게 단장했다. 일반 철도역과 유다른 게 있다면 역사건물 정면에 초상화가 없다. 어디가나 철도역 건물 상단에 김일성 초상화가 대형으로 걸려있는 게 관례지만 말이다.

'국제관광객이 몰려들어 그런 것인가.' 진옥은 속으로 생각했다.

평의선 열차는 평양과 베이징 사이를 오가는 국제열차도 있다. 일주일에 세 번 운행하던 국제열차가 2000년대 들어 북-중 간 무역과 교류가 활발해져서인지 매일 한차례 왕복 운행하고 있다. 한때는 국제열차 뒤편에 평의선 열차를 이어 운행하기도 했지만 지금은 분리되어 운행한다.

진옥은 열차에 올라 지정좌석에 앉았다. 그리고는 삼촌에게 전화를 걸었다.

"삼촌 지금 기차 탔어요. 9시간 이후 평양 도착하니까 어파까지는 6시간?… 그 시간 맞춰 미리 나와 있어요…"

"연착되지 않겠어?" 핸드폰에서 삼촌 목소리가 들렸다.

"본선 열차인데 연착된다 해도 한두 시간이겠죠."

진옥은 연착시간 두 시간 정도 감안해 늦지 말라고 당부했다.

그러나 오산이었다. 이게 뭐야, 신의주를 출발한 열차가 염주까지는 그런대로 가더니 동림역에서 두 시간 정차한다. 정전이란다. 다시 떠나기 시작해 정주역에서 또한 시간째. 이거라구야, 진옥은 속이 바질바질 타기 시작했다.

"평양-신의주행도 이 모양인가."

자기도 모르게 그는 한숨 내쉬며 푸념했다.

"열차도 밥 먹어야 갈 게 아니요? 전기가 없으니 평양이든 할애비든 재간 있나요?"

맞은 켠 좌석에서 손주를 안고 있던 할아버지가 투덜거렸다. 평양 아들집에 손주 데리고 간다고 한다.

"왜정 때는 경의선 열차가 연착이라고는 없었소, 늘 정시로만 달렸지, 그런데 지금은 어떻게 된 판인지, 원 쯔쯔쯔."

그 옆에 머리가 희끗한 할머니가 혀를 차면서 말발을 이었다. 할아버지와 부부인 모양이다.

"나갑세다, 영감." 그들은 열차 안이 답답한 듯 바깥바람 쐬자며 일어나 나갔다.

"단동으로 들어가는 국제열차도 요새 연착되는 판인데 본선열차라고 셈판 있겠나요."

"차라리 증기기관차로 교체하던지, 전기, 전기, 언제 전기가 풀리겠어?"

여기저기서 화가 난 사람들이 되는대로 말씨를 뿌렸다.

"맞어, 옛날처럼 석탄을 열차 화실에 삽으로 퍼 넣으며 운영하던지… 전기기관차보다 빠르지 않겠지만 그래도 며칠씩 연착되는 이런 꼴은 없을 게 아니요?"

"석탄은 뭐 있나요? 중국에 팔 석탄은 있어도 열차 움직일 석탄은 없을걸요. 윗대가리들이 뭐 안타까운 게 있다고, 열차가 가든 말든."

"나라가 어디까지 갈려는지… 지하자원 다 팔아먹고 나중에는 손가락 빨겠나……"

"나중 같은 소리 좋아하네, 당장 목구멍이 포도청인데 윗대가리들이 그걸 다 알면……"

공부 꽤나 한 듯 안경 쓴 남자가 윗대가리라는 말에 힘을 주어 말했다. 그는 나라를 걱정하는 간부라면 벌써 개혁 개방했다는 말을 하고 싶었으나 내심 참았다.

"차라리 기차를 디젤유기관차로 운행하던지… 특별열차는 디젤유기관차로 움직이던데 말이야…"

얼굴이 넓적한 남자가 말했다. 그러자 그를 향해 군복 입은 남성이 호응했다. 제대군인이었다.

"그 말 맞아요. 특별열차는 1호 열차니까 가다 멎거나 사고 나면 호위국이든 철도국이든 다 목 잘리니까 디젤유기관차를 앞뒤에 달고 운행하거든요… 만약 정전되던지 아니면 거차고개처럼 고바위로 열차가 올라가다 기관차 마력이 떨어지면 비상으로 쓰는 거예요… 디젤유기관차는 전기기관차보다 속도도 빨라요"

"그럼 지금처럼 전기 없을 때 딱 소리 나겠네요. 아니 젠장… 왜 디젤유기관차를 달지 않지?" 어수룩한 얼굴에 입술 두터운 아낙네가 말했다.

"아니 아줌마, 디젤유기관차가 좋은 걸 누가 모르겠소? 연유가 없어 글지, 그 연유 누가 댄단 말이요? 나라가 가난해서 방법 없어요, 없어." 안경쟁이 남자가 또 말했다.

"디젤유만 있으면 디젤유기관차를 사용할 수 있나요?" 진옥이가 나직한 목소리로 물었다.

"당연하지……. 기름만 있으면 되지, 왜 안 되겠소, 기름이 없으니 그림에 떡이 아니요."

제대군인 총각이 말했다. 그는 제김에 열이 올라 부채를 손에 들고 얼굴을 향해 마구 흔들었다.

진옥은 더 묻지 않았다. 디젤유기관차라고? 뇌관이 터지듯 그의 머리가 트였다. 이어서 무수한 생각들이 바다의 밀물처럼 밀려온다.

'디젤유야 돈만 있으면 얼마든지 살 수 있지 않는가. 뭐가 문제지?' 보이는 것과 보이지 않는 것들을 이어보려 애를 쓰고 있는데 고수머리 총각이 소리쳤다.

"입방아 찧어야 입이나 아프지… 사사끼나 한판 합시다."

놀음하기 좋아하는 모양이다. 그는 배낭을 뒤집어 평평하게 만들더니 여행용가방에서 반질반질한 주패카드를 꺼냈다. 안경쟁이와 제대군인, 고수머리, 이렇게 세 명의 남자들이 둘러앉았다. 사사끼를 하려면 네 명 있어야 한다.

"한 명 더 있어야 하는데… 철이야, 잠만 자지 말고 술내기 안 할래?" 고수머리 총각이 함께 가는 친구에게 소리쳤다. 그는 피곤했는지 눈을 한번 치뜨더니 손을 저었다.

"내가 할까요?" 진옥이 나섰다.

남자 세 명이 놀라면서도 여자가 들어오겠다니 무척이나 좋아라 입귀가 벌어진다. 그러나 여자가 주패는 할 줄 아냐는 눈빛이다. 그러거나 말거나 진옥은 주패를 왼손 바닥에 놓고 오른손으로 재빠르게 추슬러 배낭 위에 반 달모양 쫘르르 펼쳤다. 히야~남자들이 입을 딱 벌린다. 운 좋게도 진옥에게 첫판 홍수 두 장이 올라왔다. 돼지 판이다.

"돼지 뽀… 부를께요." 그녀는 빨간 10주패 두 장을 내리쳤다.

"뚝, 난 뚝 하겠소." 남자의 자존심이 걸렸다. 제대군인 남자가 진옥을 가로보며 도전장 내밀었다. 나머지 남자 들도 "좋아 뚝, 뚝……" 한다. '네년 걸려들었지' 하는 인상이다.

"오케이" 그녀가 먼저 K주패를 던졌다. 첫 장부터 고수들의 방어막을 흔드는 카드다. 한 장씩 카드가 던져질 때마다 모두 스릴을 느끼고 있다는 것이 무언으로 알렸다. 흡사 세 마리의 수컷 사자가 한 마리의 암컷 사자를 공격하는 모양새다. 그러면서도 자기의 특기를 암컷에게 자랑하고 있었다.

그녀가 막판 카드 두 장을 쥐고 있다. 그 카드를 막아 보려고 고수머리 총각이 3자리 카드 한 장 던졌다. 아직

3자리 카드가 나오지 않았다. '누구든 이 카드에 창만 꽂아라 그러면 우리가 이긴다.' 그런데 아뿔싸. 그녀가 "꼬투"하면서 3자 카드 두 장을 힘껏 던졌다.

"와~" 남자들이 완패였다. 법석 떠드는 놀음판 소리에 여행손님들이 모여들었다. 다시 또 카드놀이가 열을 올린다. 그때 열둘이나 열세 살 나 보이는 남자애 네 명이 열차에 올랐다. 그들은 카드놀이하고 있는 그들 주변으로 바싹 다가왔다. 방랑아들이다.

"아저씨, 우리가 노래 불러 드릴게요. 어떤 노래 좋아하는지 알려만 달라요."

"가라가라 시끄럽다."

고스머리 남자가 팔을 저어 쫓았다. 진옥은 고개를 돌리고 그들을 바라봤다. 무릎까지 내려오는 허줄한 상의가 어린 몸뚱이를 가리우고 있었다. 측은감이 들었다. '한창 배울 나이에 저게 뭐람. 먹고살겠다고 노래를 팔겠다니.' 어른에게 쫓기여 갈 듯 말 듯 서성이는 애들 중 쌍까풀진 큰 눈 총각에게 진옥이 말했다.

"네가 좋아하는 노래 해봐."

세수를 언제 해봤는지 얼굴에 까만 때 자리가 얼룩져

있어도 헤벌쭉 웃는 그 모습이 무척이나 귀여웠다. 큰 눈 총각이 선창을 떼자 다 같이 노래를 불렀다. 훈련한 듯 곡조를 제대로 뽑는다. 열차가 정차하면 무엇이든 훔치다 뭇매를 맞군 하던 꽃제비들도 지금은 달라졌다. 노래하든 청소하든 자기 노동으로 돈 벌겠다지 않는가.

눈 오는 이 아침 우리 장군님 그 어데 가시옵니까
찬 이슬 맞으며 가시는 길에 이 마음 따라 섭니다
이 땅에 눈비를 우리가 다 맞으리니
장군님 장군님 찬 눈길 걷지 마시라

노래 제목이 '장군님 찬 눈길 걷지 마시라'이다. 노래를 마치자 꽃제비들이 감정을 주체할 수 없다는 듯 "장군님, 장군님, 장군님." 열렬 삼창하더니 그 자리에 엎드려 큰절을 한다. 이들을 보던 사람들이 놀랐다. 노래를 요청한 진옥에게 정중히 절하는 것이 아닌가.

주변 사람들이 우와~박수치며 폭소가 터졌다. 뭐라 해야 되나, 두려웠지만 감동은 그 자체였다.

"장군님이 되었네요." 사람들이 그녀에게 말했다.

선창한 총각에게 그녀가 천 원짜리 지폐 한 장 주었다. 주의에 앉았던 사람들도 오백 원 한 장, 그 옆에 아줌마는 이백 원 한 장 다른 애들에게 주었다. 백 원짜리 동전을 주는 사람도 있었다.

그러는 사이 열차가 움직였다. 진옥은 핸드폰을 꺼내어 전화를 걸었다.

"삼촌, 지금 운전역 지나고 있어요. 여섯 역전 지나면 되니까 조금만 기다려요"

"걱정 마, 아직 괜찮은 것 같다."

맹중리-신안주-대교-문덕을 지나 룡봉과 숙천 다음 어파역이다.

괜스레 삼촌을 미리 나와 있으라고 말한 게 후회된다. 냉동한 소고기가 녹으면 어쩌나. 그런데 어쩔 수 없다. 다른 지역이라면 철도역에서 열차가 들어오는 시간을 확인할 수 있지만 평원에는 철도역이 없다.

진옥은 삼촌으로부터 왜 평원에만 철도역이 없는지 이야기를 들어 잘 알고 있었다.

일본이 평의선 철도를 공사하던 당시 평안도 신안주에서 대교-문덕-룡봉-숙천-평원-순안방향으로 철로를 놓을 계획이었다고 한다. 그러자면 평원의 무연한 벌판에 철로를 놓고 철도역전을 세워야 했다. 평원은 벼농사가 잘되는 드넓은 평야벌 지대다. 당시 평원 논을 소유했던 지주가 일본의 철도공사를 한사코 반대했다. 자기 땅에 철도가 들어서는 것이 무엇보다 싫었다. 반일감정이라는 사람도 있고, 자기 땅에 대한 애착이 강했던 것이라고 말하는 노인도 있다.

지주의 반대로 일본은 평원 논밭에 철도를 놓지 못하였다. 기차소리마저도 듣기 싫다며 평원 주변에도 철도 부설을 반대하다 보니 숙천-평원으로 이어질 평의선의 한 철도역은 평원을 에돌아 어파에 들어섰다.

백여 년 전 건설된 평의선 철도는 지금도 변한 게 없다. 해서 전국적으로 철도역이 없는 군 소재지는 평원군이 유일하다. 평원군 읍에서 열차를 타려면 평원군 어파노동자구에 있는 역까지 이동해야 한다. 평원에 살고 있는 진옥이 삼촌이 어파역에서 기다릴 수밖에 없는 이유이다.

열차가 숙천역을 통과했다. 무연하게 펼쳐진 열두삼천리벌이 차창 밖으로 스쳐 지나갔다. 논벼들이 파란 주단처럼 벌판을 덮고 있었다. 넓은 논판이 끝난 지점에 열차는 터널로 들어섰다. 곧 어파역이다. 터널을 지나 열차 창 밖으로는 야산들이 스쳐 지나갔다. 그 산 중턱마다 아파트와 주택들이 자리 잡고 있었고 드문드문 높은 송전선이 세워져 있었다. 열차는 어파에 자리 잡은 희토류광산 마을을 지나가는 것이다. 광산 청사와 광부들이 살고 있는 주택들이 밀집된 것이 보였다.

진옥은 열차 승강기로 나갔다. 열차가 들어서는 홈 옆으로 화물열차 차량들이 길게 서 있다. 그 앞으로 숙천-택암 글자 위 '어파역'이라고 크게 쓴 콘크리트 간판이 나타났다. 열차를 타려고 몰려든 승객 중에 번대머리 삼촌이 툭 튀게 알린다.

"여기, 여기에요 여기… 삼촌, 삼촌……"

특이한 저음의 조카 목소리에 삼촌이 돌아섰다. 조카를 알아 본 그가 마음이 급했는지 끼우뚱 배낭을 둘러지고 뛰려고 했다.

"가만요. 그냥 서 있어요, 내가 내려갈게요."

열차가 멎어섰다. 진옥은 재빠르게 뛰어내려 달려가 배낭을 받았다. 그리고는 손으로 꾹꾹 배낭 겉부터 누른다. 냉동 소고기가 얼마나 녹았는지 걱정이 앞서다.

"한 시간은 일없을걸… 열차가 더 연착되면 문제지만 말이야……"

삼촌이 말했다. 소고기는 이미 물렁하게 녹았다. 열차가 한 시간 내 평양 도착하면 파는 데는 문제없다는 말이었다. 왈가불가할 시간이 없다. 진옥은 삼촌에게 소고기 가격을 지불하고 열차에 올랐다.

두 시간 후 열차는 평양역에 들어섰다. 빠르게 개찰구로 나가면 그나마 낳으련만 나가기 전 역전 보안원이 평양으로 들어온 지방 사람들의 여행 증명서를 모조리 걷었다. 평양 증명서 승인번호를 대조해야 한다는 것이다. 평양역 지하로 내려가 또 40분 지체했다.

비싼 소고기는 한물갔다. 화가 날 법도 하지만 진옥은 덤덤했다. 그는 지금 자기 머리가 야망으로 꿈틀거리고 있다는 사실을 알게 되었다.

남새장사 하느라 회령으로 가는 열차에서는 열차표를 둘러싼 장사의 세계를 미처 모른 탓에 별 모욕을 받았었지만, 그 대가로 열차 안에서의 돈벌이 구조를 발견하였다. 그 덕분에 그는 열차 수화물이 아니라 열차 빵통을 임대해 물동량을 나르며 장사하는 방법을 터득했다.

그러나 신의주로 열차 화물을 움직여보니 또 깨달은 것이 있다. 혜산이나 회령도 국경도시지만 신의주는 달랐다. 화물이든 사람이든 평의선 방향으로 움직이는 모든 것들이 사이즈가 달랐다. 냄새가 난다. 평양과 신의주는 권력과 국경이 짬뽕된 지역이다. 그러니 겉으로는 쉽게 드러나지 않지만 곳곳마다 큰돈이 동시에 움직이고 있음을 그녀는 파악했다.

더 중요한 것은 흑색 지대에서 뒤를 봐주며 묵돈[2]을 쥐고 있는 간부들이 전혀 죄의식이 없는 것이다. 돈은 어두운 곳에서 나온다는 원리를 이 지역 사람들은 본능으로 체질화된 듯싶다.

그래서 평양-신의주행 열차를 이용하는 사람들을 보면 보따리 장사가 아니다. 평양은 수뇌부, 신의주는 중국을 등에 업은 금융도시다. 평양과 국경을 오가는 이들에게 분초가 돈이다. 결국 최대급행 열차를 얼마나 목마르게 기다릴 것인가.

그런데 나라의 동맥인 철도는 전력난으로 동맥경화에

---

2 '액수가 많은 돈'의 북한어.

걸려 있다. 하지만 철도 운영 마비라는 커다란 구멍에 금덩이가 쌓여있음을 진옥은 발견했다. 그것도 평의선이라면 말이 다르다.

"국영철도라… 음 확실히 여기에는 누구도 손대지 않고 있어, 아니 감히 못 대고 있는 게지… 버스나 택시는 벌써 개인이 장악했는데도 말이야…"

그래, 그래, 그거야 바로 그거야, 중얼중얼 진옥은 철길 위에 달리는 '나의 열차'를 상상했다. "못할 게 뭐 있어, 정주영은 소 한 마리로 부자 되었다는데 내라고 부자 되지 말라는 법이 어디 있담… 그럼 그렇지."

그녀는 소고기 배낭에 눌려있던 어깨를 폈다. 등에 진 소고기는 변하고 있었다. 그래도 아무렇지 않은 듯이 그는 평양역을 나와 지하철 '영광역'으로 내려갔다. '건설역'까지 이동해야 한다. 가는 동안 끊임없이 커다란 돈뭉치가 뇌리를 친다. 그는 열차에서 들었던 말들을 계속 곱씹었다.

"디젤유기관차가 있단 말이지, 바로 그거야… 그 기관차를 어떻게 임대할까? 돈은 얼마나 들겠는지……"

지하 '건설역'에서 지상으로 올라온 그녀는 왼쪽으로

돌았다. '건설역' 주변에는 십년 넘어 짓고 있는 105층 류경호텔 건설장이 있었다. 그 옆으로는 건설자재 창고들과 건설에 동원된 돌격대 침실들이 널려 있다. 건설 현장을 돌아서니 아파트가 나섰다. 현관에 경비실 아줌마가 물었다.

"누구 찾아왔어요? 몇 층 몇 호 가는지 적고 손님 이름도 쓰세요."

경비 아줌마는 경비일지를 경비창구로 내밀었다. 진옥은 부르는 대로 적고 승강기에 다가갔다. 한데 호출단추 눌러도 신호가 없다.

"이 시간에는 승강기 운영 안 해요. 아침저녁에만 움직이지, 걸어 올라가요." 경비실에서 말했다.

"아, 여기도 전기가… 후유……"

전화로 이모를 부를까 하다 그만두었다. '올라가 봐야지' 그는 소고기를 등에 지고 한손으로 계단 난간을 잡고 한층 씩 올라갔다. 12층까지 올라가야 한다. 땀이 비오듯 흘렀다. 그러나 빨리 올라가 이모부를 만나야 한다. 철도국에 대에 무언가 알 것 같다.

초인종을 누른 진옥은 이모 집에 들어서자마자 숨도

채 돌리지 않고 물었다.

"이모부, 철도국 물계 좀 알아요?"

"무슨 아닌 밤중에 홍두깨비처럼… 그건 왜?……"

"평양-신의주 열차가 철도국 어디에 소속되어 있어
요?"

"평양철도국이지, 어파부터는 개천철도국이고…" 이모
부가 의아한 듯 물었다.

"그럼 기관차 임대하려면 평양철도국에 가야할까요?"

"뭐 임대한다고?……"

"그것만 알려줘요. 기관차 대가리 어디서 취급해요?"

"평의선은 대부분 평남 평북에 있으니까 개천철도국이
운영하지."

견인기 임대니 뭐니 하는 조카에게 이모부는 답하고 또
질문하면 답했다. 그가 더 정신이 없는 듯 했다. 그는 조
카에게 다시 물었다.

"견인기를 임대해 뭐 하려고?"

"개천철도국 간부 중에 아는 사람 없어요?" 진옥은 재
차 물었다. 디젤유기관차를 임대해 열차를 운영하면 어
떨지 토의해보려고 한다는 조카의 말을 듣고서야 이모부

는 말했다.

"개천철도국 국장이 최고인민대의원이야… 그런데 그 국장은 뺑까우리야. 그런 사업을 제의하려면 부국장 찾아가야 빨라."

대담성과 재치를 타고난 조카를 보며 이모부는 '너무 큰일을 벌리지 않냐'고 말하려다 그만두었다. 타당성이 있어 보였다. 조카의 덕분에 그래도 고난의 행군 시기 악기를 팔면서 쌀밥은 먹고 살던 고마움을 잊지 않고 있다. 그는 철도국에 연줄을 대주기로 마음먹었다. 어디서 무엇을 하든 사리 밝고 예의를 갖출 줄 알고 있어 소개시켜준다 해도 망신시킬 조카는 아니다. 해서 조금 더 자세히 말했다.

"철도국에 철도운영지도국이 있어, 지도국에 부국장이 세 명이거든, 후방부국장, 기술부국장, 행정부국장이야, 기술부국장이 견인기를 다루긴 하지만 행정부국장이 똑똑해… 인민경제대학 졸업했어, 대학 졸업이 중요한건 아닌데 실세야, 내가 전화로 말해놓겠으니까…… 일단 토의해봐."

학연이 지금도 이어지는가 보다. 이모부도 원산 인민경

제대학 졸업생이다. 이후 10년간 중앙당 금수산의사당 경리부에서 일했으나 김일성 사망 이후 조동되었다.

일주일 후 진옥은 개천철도국을 찾아갔다. 그가 멘 가방에는 오천 달러 현금이 들어있었다. 그녀는 찾아온 용무를 말하는 데 뜸들이지 않았다. 안된다면 그만이지 시간낭비는 안 한다.

"부국장 동지, 디젤유기관차로 열차를 운영하면 어떨지, 고민하다 찾아왔습니다."

"……??"

"디젤유기관차만 해결해주면 제가 기름 대고 열차를 운영해볼까 합니다. 열차표는 달러로 받으려구요. 디젤유기관차가 속도 빠르고 정전으로 열차를 세울 일도 없지 않습니까. 급행으로 열차를 운행한다면 열차 고객은 걱정 마십시오…"

부국장은 감당이 안 되는지 즉답을 피했다. 싫어서가 아니라 철도기관차를 임대해달라는 사례는 지금까지 있어 본 적 없어서다. 한참 있더니 물었다.

"기관차를 임대하면 열차 차량도 임대해야 된다는 말이지?"

"네. 대신 매달 실수익금 절반을 철도국에 바치겠습니다. 적은 돈이 아닙니다. 한번 계산해보십시오."

"열차표를 달러로 판다면 가격은 얼마 정하려고?." 이제서야 부국장이 땡기는 모양이다. 그는 성급한 목소리로 물었다.

"일단 평양에서 신의주까지는 50달러 정하려구요. 그 가격 기준으로 내리는 역전마다 가격을 적용하면 됩니다. 환율가로 계산해 위안화도 받고 국돈이면 국돈 다 받겠습니다. 평의선 열차에는 무역회사 간부들이나 돈주들이 기본 손님이거든요. 지금 국제열차도 정전으로 연착됩니다. 우리가 디젤유기관차로 선코 떼서 평양-신의주 열차를 운행하기 시작하면 사람들이 떼로 올 겁니다. 이게 뭐냐 그…"

진옥은 숨이 찼다. 너무 빨리 말하다 호흡이 딸렸다. 호흡보다 마음이 흥분한 탓이기도 하다. 숨을 고르려 그녀는 물을 마셨다. 그리고는 다시 재판에서 이기려는 변호인처럼 정열적으로 힘을 모아 또다시 말했다.

"국경이나 평양으로 오가는 고객들은 50달러 차표 값은 껍값입니다. 다만 이들에게 중요한 건 연착되지 않는

급행열차에요. 최대 급행열차에 목말라 있다는 말입니다."

그녀는 '최대급행 열차'라는 말을 앞에 앉아 듣고 있는 간부가 흘려들으면 어쩔까 천천히 크게, 그리고 진지하게 말했다. 또박또박 말하려고 애쓰는 그녀의 얼굴이며 목에서는 땀이 줄줄 흘렀다.

부국장은 손등으로 턱을 고인 채, 몸을 한쪽으로 비틀고 앉아 그녀의 말을 들었다. 뜬금 잡는 헛소리는 아닌 것 같다. 그도 골몰하게 생각했다. 대충 머리에 떠오르는 대로 산수 계산부터 해본다.

'한 열차에 130석이지, 좌석마다 50달러 받는다면… 백 석이면 5천, 거기에 30석을 더하면 1500… 막 잡아도 6천 달러?. 그렇다면 7~8대 차량으로 운행한다 해도 최소 5만 달러 넘지 않는가. 그 절반이라면 3만 달러?……'

무시할 수 없는 자금이었다. 갑자기 환영이 떠오른다. 그 돈이면 철도운영자금으로도, 철도국 비축자금으로도 횡재가 아닌가. 그는 확인하려는 듯 지금껏 들은 소리를 다시 물었다.

"디젤유기관차를 해결해주면 매달 실제로 3만 달러 바칠 수 있다는 말이지?"

"네, 부국장 동지, 믿어보십시오. 첫 달 수익금은 선불로 만 달러 드리겠습니다."

갑자기 돈벼락 치는가. 부국장은 자기 귀를 의심했다. 그러나 그녀의 제의는 강한 자석처럼 그의 마음을 끌고 있었다. 철도국 회의마다 중앙에서는 자력갱생하라며 간부들을 조진다. 철도가 가진 건 노후화된 철도와 열차, 화물열차뿐인데 뭐 가지고 자력갱생하라는지 기가 막혔다. 빈손으로 연길폭탄 만들었던 항일투사들처럼 내부원천동원에 떨쳐나서라고 내리 먹일 때면 사는 게 사는 게 아니다. '조건이 이렇습니다.' 한마디만 내비치면 패배주의자로 몰린다. '부닥친 난관을 정면 돌파한다면 못해낼 일이 없다'는 게 당의 선전이다. 이런 선전을 비웃기만 했는데 바로 이런 거 보고 하는 소린가. 개인 돈주 끌어들여 투자를 유치?. 사회주의방식이든 자본주의방식이든 열차를 움직이면 충신이 아닌가. 당의 요구가 이것이라면.

"그렇지, 그래야 충성자금도 나오고 내 주머니도 채우고… 이건 대박이야." 부국장은 새삼스런 눈길로 그녀를 보았다. 조그마한 계집애가 어떻게 이런 생각을 했을까. 그는 비틀고 앉았던 몸을 그녀에게 정면으로 보이도록 고쳐 앉았다.

진옥은 자기의 제안이 받아들여지고 있다고 직감했다. 그는 가방을 열었다.

"밀어주십시오. 인사비용입니다." 그녀는 달러 다발을 책상 위에 놓았다.

"철도국에서 토론해볼게…… 며칠 기다려" 부국장이 자신 있게 말했다.

다음날 부국장은 철도국 당 책임비서를 찾아갔다. 당권으로 결론 받아야 해결이 빠르다. 철도기관차는 개인간부 혼자 움직이지 못한다. 철도국 사업으로 토의해야 한다. 열차운행이며 화물수송들이 치차처럼 짜여 있는 철도사령체계는 모든 것이 전시 운영체제로 움직이고 있다.

그는 자초지종 진옥이가 말했던 평의선 열차를 디젤유기관차로 운행해보자는 제의를 그대로 전달했다. 당 비서도 흥미진진한 반응을 드러냈다. 부국장은 천 달러를 책임비서에게 주었다. 그러자 더 적극적으로 토의해보겠다며 말한다.

"좋소, 내일 당 위원회에서 희의 안건으로 토의하고 국장 동무와 같이 철도국사업으로 만들어봅시다… 평양철도국에도 보고하겠소. 훌륭한 제안으로 보인단 말이요."

개천철도국 당 집행위원회에서 해당 안건은 통과되었다.

"전시에 운영될 디젤유견인기를 개인에게 넘기다니요… 철도가 자본주의 방식으로 운영된다고 비판받지 않을까요?"

사회주의 운운하며 변화를 꺼리는 몇 명 간부들이 우려를 드러냈다. 벌써부터 그들은 만약을 생각해 책임을 회피할 궁리를 찾고 있는 것이었다. 하지만 당 책임비서가 내놓은 파격적인 방안이라 반대 의견은 주장하지 못하였다.

다음 날 철도국 국장은 책임비서, 부국장과 함께 평양철도국에 올라갔다. 디젤유기관차로 평의선 열차를 시범운행하겠다는 사업제안서를 토의하기 위해서다. 디젤유기관차는 특별열차와 전시용 열차로만 이용하는 것이어서 평양철도국의 최종 승인을 받아야 한다.

개천철도국이 자체로 연유를 사들여 평양-신의주 열차를 운영하겠다는 사업제안서는 평양철도국도 긍정적으로 받아들였다. 수익금의 일부를 평양철도국에 납부하겠다는데 누가 반대하랴.

"전기사정으로 철도 운영이 어려움을 겪을 때 자력갱생하는 건 현실적 대안이오. 철도성에 보고합시다."

일은 빠르게 진척되었다. 철도성에서도 적극적으로 찬성하였다. 평양철도국과 개천철도국의 간부들이 경제난 시국에 우는소리 하지 않고 철도를 살리느라 혁신적인 방안을 내놓았다면서 높이 평가한다. 철도국 간부들은 어깨가 으쓱했다.

일주일 후 진옥은 개천철도국 당 책임비서로부터 전화를 받았다.

"진옥 동무, 내일 아침 철도국 당위원회에 나오세요."

전화는 짧았다. 애써 사무적으로 딱딱하게 알려준 전화통화였지만 목소리는 잘 익은 벼처럼 웅글고 확신에 차 있었다. 그녀는 계획했던 사업이 성사되는 것이라고 믿었다.

하지만 그녀가 생각했던 것보다 훨씬 더 놀라운 결과가 기다리고 있었다. 지금까지 바랬던, 그리고 바라면서도 가지지 못했던 명예가 그녀를 기다렸다. 세상을 움직일 수 있는, 돈만 가지고는 해낼 수 없었던 권력의 힘이 그녀의 손안에 들어온 것이다.

"당의 배려로 진옥 동무는 개천철도국 외화벌이기지 기지장으로 임명되었습니다. 앞으로 기지를 잘 운영해 당의 신임에 보답하기 바랍니다."

철도국 국장, 부국장을 비롯한 당위원회 간부들이 모인 회의실에서 책임비서는 진옥에게 기지장 명함장을 수여하였다. 내부원천 동원해 철도를 살리라는 수령의 지시대로 철도국이 마침내 외화벌이기지를 신설하였다. 그리고 그녀를 기지책임자로 임명한 것이다. 철도성 산하 개천철도국 외화벌이기지는 철도운영자금을 해결하는 합법적 사업체다.

큰 박수 소리가 울렸다. 명함장을 받아 든 진옥은 눈물이 흘렀다. 세상을 가진 기분인가. 이제야 사람이 되었다는 자긍심이 들었다. 당당한 철도국 간부가 아닌가.

그녀는 사업에 착수하였다. 하나부터 열까지 스스로 해결해야 한다. 초행길은 쉽지 않았다. 하지만 해야 하기에 그녀는 분연히 일어섰다.

우선 백마연유창과 연결된 연유공급소와 주유소들과 판매 거래부터 계약했다. 그다음 신안주에 공장 창고를 연유창고로 임대했다. 하나씩 터가 자리 잡기 시작했다.

철도기지장이 디젤류기관차를 운행한다는 소식에 돈 주들이 몰려왔다. 그들은 진옥에게 말했다.

"이자 낮춰줄게요, 내 돈 가져다 써요."

"얼마 필요해요? 오만달러 대줄 수 있어, 굴릴 돈이 필요하면 언제든 전화해…"

기지가 보유한 자금이 부족하긴 하다. 기지자금이라는 게 진옥이 개인 돈이다. 진옥은 이자 돈을 돌려쓰기로 했다.

자금은 해결되었으니 이제부터는 인력 고용이다. 진옥은 '성분이요 가정토대요 충성심이요' 이런 잡다한 것들을 모조리 배제하였다. 기지에 필요한 사람은 능력자다. 여기저기서 전화가 들어왔다. 그의 집에도, 그가 가는 길에도 기지노동자로 채용해달라는 사람들이 줄을 섰다.

진옥은 동림교양소 수감자들을 떠올렸다. 그녀가 감옥에서 배가 고파 쓰러지군 할 때면 밥덩이나 면식을 나누어 주었던 수감자들이 생각난다. '그들을 잊으면 사람도 아니지' 울지 말라며 눈물을 닦아주던 점쟁이가 제일 먼저 떠오른다.

"언니 나하고 일 같이하지 않을래요?…" 진옥은 점쟁이를 찾아가 말했다.

"세상에 이게 누구야? 엉…" 점쟁이는 너무 놀라워 소리를 질렀다.

"이렇게 다시 만나다니… 역시 내가 너를 알아봤지…" 일단 그는 하고 싶은 말들을 연이어 쏟아내고서야 진옥이 찾아온 용무를 들어봤다.

"열차를 운영하겠다고?"

"한번 해보려구요, 언니가 할 일은 디젤유열차가 정시로 다닌다고 사람들에게 홍보해주고… 음… 그리구 평양-신의주 열차가 갔다 올 동안 열차를 이용할 손님들을 다시 예약해주면 되요."

"그래그래…… 완전 잘됐어 해주고말고… 내가 말했지 그때… 감옥에서 나가면 돈 밭이 기다린다고, 그럴 줄 알았어…… 발 벗고 해야지… 내가 돈 잘 붙게 해줄게."

이후 진옥은 연유를 사들이고 운송하는 노력자로 가난하지만 성실한 남성 두 명을 고용했다. 그녀가 고용한 기지 직원들은 국영공장 노동자들보다 월급이 백배 높았다. 식량 배급도 황해도 곡창지대에서 들어온 찰진 입쌀로 공급했다.

열차 여객전무나 수화물 지도원, 열차를 안내하고 열차 안을 관리하는 열차원 등은 평양-신의주 열차에서 일하던 철도직원들 그대로였다. 이들의 월급은 기지에서 바치는 수익금으로 철도성에서 국가월급기준으로 받는다. 그러니 진옥이 고용한 기지직원들과는 월급이 차이났다. 철도직원들은 어떻게 해서든 기지에 직속된 직원으로 조동하려고 머리를 굴렸다.

한 달 후 〈신의주 청년역〉으로 첫 디젤유기관차가 열차를 달고 들어섰다. 열차 손님들은 신기한 듯 열차를 바라본다.

"달러 열차네요." 민소매 셔츠에 긴 치마를 입은 여성이 열차에 오르며 말했다.

"1호 열차지, 인민을 위한 특별 열차인가?!" 익살 좋은 남자가 맞장구쳤다.

"최대급행 열차입니다. 열차는 정시로 운행합니다. 곧 출발하겠습니다……"

열차 방송이 울렸다. 바나나며 사과며 음료수 등 간식을 실은 매대 간이차가 열차에 올랐다. 열차 손님들에 서

비스로 주려는 과일과 물이었다.

　진옥이 열차에 올랐다. 기지장이 승차하자 철도사령이 푸른색 깃발을 양손에 높이 들고 좌우로 흔들었다. 출발 신호다. 허공을 헤가르며 기적소리 울리더니 열차가 떠났다. 평양-신의주 로또행 열차였다.

'남성성'과 녹아 버린 냉동 물질들

김민지

『경의선 소설집: 신의주에서 개성까지』에 실린 총 5편의 소설은 공통적으로 '철도'를 경유하여 서사를 진행해 나간다. 또, 작품 속 등장인물들은 모두 철도 노동자였던 가족을 대신해 생계를 책임지거나 철도를 이용해 밀매를 시도하려는 상황에 놓여 있다. 이 책의 모든 이야기는 철도를 배경삼아 '먹고 살기'에 관해 말하고 있는 것이다. 다만, '한 가정의 먹고 살기를 책임지는 자가 누구인가'에 따라 5편의 이야기는 서로 방향을 달리한다.

오랫동안 북한 사회에서 '먹고 살기'라는 행위는 '가

장', 즉, "'세대주'의 역할"[1]과 연관해 이루어져 왔다. 그리고 이것은 대개 남성의 역할로 정해졌다. 한 논자에 따르면, 북한의 경제 체제는 배급제와 성분-당원제도를 중심으로 검토될 필요가 있다. 남성 세대주를 중심으로 이뤄진 국가 주도의 배급제, 성별화된 성분-당원제도는 여성과 남성으로 하여금 각기 다른 성격의 '인민'이 되도록 장려했기 때문이다. 북한의 '인민만들기' 과정이란, '배급'과 '성분-당원제도'를 통해 남성 중심의 위계질서를 구축하는 방식으로 진행된 것이다.[2] 자연스럽게 이러한 질서는 가정 내 규범을 정립하는 데에도 큰 영향을 미쳤다.

그런데 문제가 발생한다. 현실과 제도가 어긋나게 된 것이다. 이른바 '고난의 행군'이라 불리는 1995년~1999년 사이에 불거진 북한의 대규모 경제위기와 이후 2000년대에 접어들며 진행된 경제개혁은 이전까지 북한에서 유지되어온 경제체제를 완전히 뒤바꿨다. 심각한 식량난

1　'세대주'는 '가장'의 북한식 표현으로 알려져 있다. (이수정, 「'탈북자'에서 '사회적 가장'으로」, 『현대사회와 다문화』 제10권 2호, 대구대학교 다문화사회정책연구소, 2020, 189쪽.)

2　조영주, 「북한의 '인민만들기'와 젠더 정치」, 『한국여성학』 29권 2호, 한국여성학회, 2019.

을 거친 북한은 더 이상 국가 차원에서 각 가정의 생계를 책임질 수 없게 되었고, 각 가정은 개별적으로 '먹고 살기'의 문제를 해결해야만 하는 상황에 놓이게 되었다. 그 과정에서 "부담의 최종 종착지는 바로 여성"으로 설정되었으며, "여성들은 가족경제의 책임자로서 그 역할을 수행"하게 되었던 것이다.[3]

그렇다면 최근 북한 사회상을 담은 재현물들이 '남성-가장의 몰락'을 다루는 것은 우연이 아닐 것이다. 이는 '남성성(masculinity)'의 해체와 맞닿아있는 현상이라는 점에서 오늘날 중요하게 살펴볼 만하다. 코넬(Raewyn Connell)에 따르면, "남성성은 젠더 관계 속의 장소이자, 그 장소에서 남녀가 관여하는 실천이고, 그런 실천이 육체적 경험, 인격, 문화에서 만들어내는 효과"[4]다. 코넬의 지적에 주목해야 하는 이유는 '남성성'이라는 것이 단일한 성격을 지닌 것이 아니며, '장소'에 따라 그것을 둘러싼 '관계'를 통해 만들어진다는 것을 말해주기 때문이다.

---

3 박현선, 「북한 경제개혁 이후 가족과 여성생활의 변화」, 『여성학논집』 제22집 1호, 이화여자대학교 한국여성연구원, 2005, 99쪽.

4 R. W. 코넬, 안상욱 · 현민 옮김, 『남성성/들』, 이매진, 2013, 116쪽.

다시 말해, '남성성/들'에 관심을 기울이는 일은 젠더 문제뿐 아니라, 다양한 사회 문제를 복합적으로 살펴볼 수 있는 방법인 셈이다. 따라서 이 책에 실린 작품들을 각 가정의 생계 해결방식과 남성-가장의 무의미함 등에 초점을 맞춰 읽어볼 것을 권한다. 이 글은 그러한 독해방식의 한 예시다.

철도 밖으로 밀려나다

장해성의 「보내지 못한 편지」는 북한 사회에서 여성 노동자가 놓인 문제적 환경을 조명하는 소설이다. 이야기는 초점화자인 '나'가 깊은 산 속에서 우연히 가방 하나를 발견하고, 그 안에 들어있던 한 묶음의 편지를 읽는 것으로 시작된다. 편지는 'ㄴ시' 철도공장에서 일하던 한 여성노동자 가 쓴 것으로 확인된다. 편지의 주인공 '순영'은 아마도 그녀의 친구인 듯한 '복례'라는 수신자에게 자신이 어떤 생활을 하고 있는지 전하고자 편지를 남긴 것이다.

이 작품의 서술적 특징은 편지라는 형식을 통해 여성 인물의 목소리를 독자에게 직접적으로 제시한다는 데서 발견된다. 그러한 형식은 여성 인물의 내면을 진솔하게 드러낸다는 점에서 의미를 지닌다. 이를테면 다음과 같은 부분에 주목해볼 수 있다. 첫 번째 편지의 일부이다.

우리가 간 곳은 ㄴ시 철도공장이였어.

거기서 아버지는 공장 운수 작업반에 배치되었고 나는 뜻밖에도 아버지가 다니는 철도공장 천정기중기 운전공이 되었구나.

ㄴ시 철도공장이라면 너두 잘 알겠지만 평양 철도관리국 산하에 있는 공장으로 개성부터 신의주까지 서부지역 철도 모두를 관장하는 공장이라고 했어.

모르는 사람들은 도시가 너무 크지도 작지도 않고 또 바다가여서 경치도 좋을 것이라고 생각하겠지.

하지만 그건 전부가 아니야. 거기서 얼마 멀지 않은 곳에 엄청 큰 제련소가 있다 보니 그 연기가 어찌나 지독한지 사방 10리에 풀조차 제대로 돋지 못하는구나.

그래서 우리 공장 구내에서 일하는 사람들은 더 말

할 것도 없고 공장 밖으로 오가는 사람들조차 모조리
뭔가 머리에 뒤집어쓰고 다녀야 하는 정도였어. 그렇지
않으면 제련소 굴뚝에서 나오는 공장연기 때문에 머리
칼마저 노랗게 삭아버린다는 거야.

　물론 아버지는 혁명화 내려갔으니 그쯤은 참고 견디
어야 한다고 나한테는 말도 못 하게 하더구나.

　이같이, '첫 편지'에서는 주인공 가족이 "지방으로 혁명
화 내려가게" 된 사연이 다뤄진다. 주인공 가족은 일본에
서 북으로 온 '귀국 동무'이다. 본래 주인공의 아버지는
일본에 있을 때부터 '총련' 설립을 위해 여러모로 애를 썼
던 것을 인정받아, '철도성'에 배치받을 수 있었다. 그러
나 배치된 지 얼마 지나지 않아, "평양 발 신의주 행 급행
열차를 통과시킨다고 수령님이 탄 열차를 5분 지연"시킨
것이다. 이에 주인공 가족은 어쩔 수 없이 'ㄴ시'로 이동해
야만 했던 것이다.

　「보내지 못한 편지」의 여성 인물의 사연을 따라 읽다보
면, 작가의 다른 소설 속 여성 인물의 삶까지 함께 떠올
리게 된다. 장해성은 이전에 발표했던 소설『두만강』에서

이른바 '탈북' 여성이 겪는 고난을 다룬 바 있는데,[5] 더 이상 가족의 생계를 책임질 수 없는 아버지-가장을 대신하여 경제활동에 뛰어든 딸-가장이 겪는 일을 제시한다는 점에서 두 소설은 겹쳐진다. 다만, 「보내지 못한 편지」의 딸 '순영'이 겪는 문제는 '철도'와 관련된 지점에서 발생한 것이다. '순영'의 아버지는 '귀국 동무'로서의 공을 인정받아 철도업에 종사할 수 있었으나, 업무에 열중한 나머지 철도 바깥으로 밀려난 인물이다. 여기서 '철도 밖'으로 밀려난다는 것은 '보통의 삶'에서 밀려나는 일을 의미하기도 한다.

그 결과, '순영'은 철도 밖으로 밀려난 아버지와 가족들을 책임져야 한다는 압박감에 위험한 상황을 감수하면서까지 노동 현장에 임한다. 이와 관련해 이 작품의 다른 특징은 직장 내 성폭력이라는 사건을 통해 여성 노동자의 상처를 직접적으로 드러내는 있다는 것이다. 여성 인물이 겪는 폭력이 '몸'이라는 물질에 기인한다는 설정은 남성성 혹은 여성성에 관해 고민할 때 매우 의미심장한

---

5   자본주의 교환 구조 속에 놓인 여성의 몸에 주목한 소설이다. 이 작품에 대한 논의로는 이지은, 「'교환'되는 여성의 몸과 불가능한 정착기」, 『구보학보』 16집, 구보학회, 2017 참조.

지점이다. 더욱이 여기에는 재현의 문제성이 얽혀있다. 이 소설이 남기는 논점은 여성이 겪는 폭력을 재현하는 방식에 대한 것이다. 그리고 그 중심에 '남성성 붕괴'라는 현상이 놓여있다.

'업'으로서의 밀매, 남성/가장들의 실패

이지명의 「가짜인간」은 철도기관사 한명수가 후배 직원 박춘호의 제안으로 해삼장사에 나서며 겪게 된 해프닝을 담은 소설이다. 주인공 한명수는 청진과 신의주를 잇는 '청의선'의 여객열차 기관사로, 자신의 업(業)에 관하여 보기 좋을 정도의 자부심을 지닌 인물로 묘사된다. 그런데 그런 한명수가 갑작스레 장사를 결심하게 된 것이다. 이와 관련하여, 한명수가 딸과 나눈 대화에 주목해볼 필요가 있겠다.

어느 날 중학교에 갓 입학한 딸애가 명수에게 물었다.

"아버진 왜 자꾸 엄마를 욕해요?"

"뭐 욕? 이놈 말버릇하구는, 그건 욕이 아닌 교양이
지."

"쳇, 교양 받을 사람이 누군데? 쌀 한 사발 구해올 줄
도 모르면서……"

"뭐? 너 그게 무슨 소리야? 너 딸이 하나라고 오냐오
냐했더니 버르장머릴 개 줬냐?"

"됐구요. 생각 좀 해봐요. 아버지가 식구들을 위해
대체 뭘 한 게 있어요? 배급도 안 주는 직장에 매일 나
간 거밖에 더 있어요? 우리 다섯 식구가 먹고사는 게
순 엄마 덕인데 왜 그런 엄말 업고 다니지 못할망정 트
집만 잡으며 그래요. 미안하지도 않아요?"

"너 그게 애비한테 진짜로 하는 소리야?"

"말 그대로 충고예요. 아버진 맨날 그러죠. 나는 기
관차, 엄마는 철길, 당신 이게 무슨 말인지 알겠소? 이
리면서……"

"그게 틀린 말이냐?"

"아버지가 옳다면 맞겠죠. 한데 묵묵히 떠받들어 기
관차를 달리게 해주는 철길에게 진짜 기관차라면 고맙

다고 해야 하는 거 아닌감?"

이 대화를 기점으로 한명수는 아내의 심정을 헤아려보게 된다. 자신이 "남편이랍시고 또 아버지랍시고 우쭐거린 것"을 되돌아보는 것이다. 그가 새로운 업(業)에 나선 것은 이런 이유에서였다. 한명수가 후배 박춘호의 동업 제안에 선뜻 응한 것은 "가장의 지위"를 지켜내기 위해서였다.

그런데 동업자 박춘호가 투자금 절반을 갖고 기차에서 사라진 것이다. 그는 박춘호가 사라지고 난 한참 후에도, 그가 돈을 갖고 도망쳤다는 사실을 받아들이지 못한다. 왜냐하면 박춘호는 "특수부대 복무까지 한 자"이기 때문이다. 이 소설에서 가장 흥미로운 부분은 바로 이 지점이다. 예컨대, 다음과 같은 독백을 살펴보자. "군대 물까지 먹은 사내가 이렇게 치사할 수야?" 심지어 이 독백은 이렇게 바뀌기도 한다. "박춘호, 난 너를 믿고 싶어. 무슨 피치 못할 일이 있었겠지. 아무렴 나라 일선에서 피를 바친 제대군인이 그깟 몇 푼 돈에……." 한명수가 박춘호를 믿었던 이유가 그저 그가 '군대 물까지 먹은 사내'

였기 때문이었다는 배경에 주목해보면, 이 작품을 '허울뿐인 남성성'을 맹목적으로 좇는 남성 인물의 우스운 면모를 묘사한 소설로 읽어볼 수 있을 것이다.

명수가 떠올리는 영화의 내용 역시 특기할 만하다.

영화 '이름 없는 영웅들'에서도 얼마나 멋진 대사가 나왔던가, 남자의 용감성은 대체 어디서 나오는가, 하는 질문에 주인공은 이렇게 말한다. 사람은 나라를 위할 땐 용감해지지만 개인을 위한 일에선 한없이 비굴해진다고, 지금껏 한명수는 그런 신념으로 사는 사람이 본인 혼자만이 아니라고 생각했다. 그러나 이렇게 정작 부딪치고 보니 세상이 이렇게 달라졌나, 하는 생각을 떨쳐버릴 수가 없었다.

이처럼 명수는 "남자의 용감성"을 굳게 믿어왔지만, 결국 "그러나 이렇게 정작 부딪치고 보니 세상이 이렇게 달라졌"음을 깨달을 수밖에 없는 상황에 놓이게 된 것이다.

'남성성'을 둘러싼 명수의 자기 분열은 열차의 지연 문제와 관련해서도 확인된다. 박춘호가 사라진 후, 역에 홀로 서서 다음 열차를 기다리던 명수는 사흘이 지나서야 다음 열차가 나타난 것에 분노한다. "이게 무슨 나라냐?" 명수는 자기도 모르게 비꼬는 말을 내뱉고는 놀란다. "내가 제정신인가? 나라를 욕하다니, 철도국 놈들을 욕해야지" 그러나 그는 다시 곤경에 빠질 수밖에 없다. 철도국은 자신의 소속 집단이므로, 그에 대한 욕 역시 할 수 없기 때문이다.

지연되는 열차로 인한 남성성 분열 양상은 도명학의 소설 「거미줄 철도」에서도 발견된다. 이 소설은 아내에게 (돈은 벌어오지 못하고 쓰기만 한다는 뜻에서) "소비지도원"이라는 별명을 얻을 정도로 무능력하게 살아온 주인공 '나'가 친구와의 동업으로 삼면경대 장사를 시도하는 과정을 다룬다. 문제는 평양과 나선을 연결하는 평나선과 경의선이 교차하는 간리역에 정차하면서부터 발생한다. 평양 근교인 이곳에서도 이들이 지니고 있는 '거울'은 귀한 물건이었고, 이 물건을 탐내는 자들이 접근해오기 시작한다. 그때, 지선 사정으로 인해 열차가 6일간 운행되지 않는다는 안내방송이 들려온다. 사실상 정시운행 열차가 존재하지 않는 상황으로 인해, '나'와 친구는 본래의 목적지까지 몇 개의 거울을 가져갈 것인가를 두고 논쟁을 벌이게 된다.

'나'는 친구가 하필 자신에게 동업을 제안한 이유를 잘 알고 있다. 친구 입장에서는 "자기보다 뛰어나고 목돈깨나 쥔 자들과 함께하면 당장은 좋겠지만 나중엔 그들에게 끌려다녀야 할 것이고 어쩌다 취한 정보는 곧 상식이 돼버려 벌이가 안 될 것"이기 때문이다. 즉, 「거미줄 철도」가 묘사하는 장사의 세계란, '정보'의 중요성을 상기한다. 이 세계에서는 정보가 곧 '돈벌이'로 이어지는 것이다. 흥미로운 점은 '나'와 친구의 관계, 돈을 벌어보고자 뭉친 '남성 연대'에 균열이 생겨나는 것 역시 정보 때문이라는 사실이다. 친구가 접한 정보의 일부가 '가짜'였던 것이다. 친구의 계획에 따라 목표했던 장소에 도착해보니, 삼면 경대 값이 꽤 비싼 것은 사실이었다. 그렇지만 그곳은 농촌이었고, 경대를 구입할 만큼의 현금을 가진 집들이 별로 없기에 이들의 계획은 어그러진다. 이처럼 「거미줄 철도」는 사업 계획이 틀어짐으로써 목표했던 '남성성 재구축'을 포기하게 되는 '나'의 이야기를 담고 있다.

마침내 「거미줄 철도」의 이야기는 '나'의 사고를 수습하고자 아내가 '장마당'에 나서는 것으로 마무리된다. "내가 망친 돈을 회복하려 아내가 나선 것이었다." '나'에게 "소비지도원"이라는 별칭은 마치 자신을 '가짜 남성'의 위치에 두는 듯 느껴져 탐탁지 않은 것이지만, 결국 '나'는 그것을 받아들일 수밖에 없음을 깨닫는다. 이는 다시 「가짜인간」과 연결된다. 「가짜인간」의 명수 역시 '해삼'이라도 산 것을 다행으로 여기며 겨우겨우 집으로 귀환한다. 그런데 아내는 명수에게 '가짜 해삼' 가져오느라 고생했다고 말하는 것이 아닌가. 명수는 자신이 '또' 속았을 뿐 아니라 큰돈을 잃었다는 생각에 망연자실하는데, 그러나 아내는 어차피 그 돈 역시 '가짜 돈'이었다는 사실을 알리며 명수가 벌인 일을 능숙하게 수습해낸다. 요컨대 「거미줄 철도」와 「가짜인간」은 '돈'을 벌어 '가장'이라는 자리를 되찾아보려 더 큰 사고를 친 남편들과, 익숙하다는 듯 그들의 잘못을 바로잡는 아내들의 이야기를 담아낸 작품이다. 이렇듯 남성-가장의 실패는 여성 밀매업(業)의 성행과 연결된다. 이제 이러한 아내들의 연결 선상으로서 시장 거래에 뛰어든 여성 인물들을 마주할 차례다.

"냉동 가재미"와 "냉동 소고기"를 옮기는 법

　주지하다시피 북한은 사회주의 사회를 건설하는 과정
에서 여성들을 적극적으로 노동자로 호명하였다. 그렇지
만 그런 분위기 속에서 성별에 따른 격차가 발생하였고
시간이 지나며 자본주의식 시장 거래까지 함께 자리 잡
게 되면서, '북한의 시장경제화'[6] 문제는 더욱 복잡해졌
다. 이와 관련하여, 특히 여성 노동자들이 임금 수준이 낮
은 직종에 집중되어 있음을 짚어보는 것은 중요하다. 이
는 북한 사회에서 여성들이 구매할 수 있는 자원이 적다
는 사실을 시사하기 때문이다.[7] 즉, 북한 여성들의 시장
활동에 주목해보는 작업은 북한에서의 '성별 분업'의 의
미를 가늠해보는 일이기도 하다. 이러한 맥락에서 이 책
에 실린 김정애의 「기나긴 하루」와 설송아의 「평양-신의
주 로또행 열차」는 여성들의 상거래 행위를 조명하고 있
어 인상적이다.

6　북한식 시장경제의 복잡성(complexity)에 관한 논의로는 정은미, 「북한의 시장경제로의
　이행과 체제적응력」, 『통일과 평화』 창간호, 서울대학교 통일평화연구원, 2009 참조.

7　장필화, 「북한 사회의 성별 분업」, 이화여자대학교 한국여성연구원 엮음, 『통일과 여
　성』, 이화여자대학교출판부, 2001, 86쪽.

먼저, 김정애의 「기나긴 하루」는 아픈 시어머니의 약값을 마련하기 위해 친척이 보내온 문어와 가자미를 장마당에서 팔아보려는 주인공의 기차 탑승기를 다룬 작품이다. 이 소설은 북한 사회에서 가정주부로 지내온 여성이 홀로 기차를 타고 다른 지역으로 이동한다는 것이 얼마나 어려운 일인지를 잘 보여준다.

주인공 인경, 영일 부부는 한 "시골" 마을에서 시어머니와 아홉 살배기 딸 옥이와 단란하게 살아가는 중이다. 걱정이 있다면, 시어머니의 병환이다. 이에 청진에 살고 있는 영일의 형이 어머니 간호비에 보태라며 "동해바다의 문어와 가재미"를 보내온 것이다. 부부는 어물을 신안주의 장마당에 내다팔아 어머니 약값을 마련하겠다는 계획을 세운다. 그런데 하필 장마당에 나서야 하는 날이 영일의 '생활총화 날'과 겹친다. 눈치가 보여 직장에 빠질 수 없는 영일은 어쩔 수 없이 아내 혼자 장마당에 보내게 된다. 인경을 홀로 도시로 보내는 것이 영 불안하긴 하지만, 별수 없다. 왜냐하면 이들이 판매할 물품이 곧 녹아버릴 '냉동 어물'이기 때문이다.

청진에서 출발할 때 돌덩이처럼 얼었다던 어물은 집
에 도착할 즈음에는 거의 녹아 있었다.

장마당에서 물건을 직거래해야 하는 북한 시장경제의
특성상, '동해에서 온 어물'은 귀한 것이면서, 판매하기 까
다로운 것이기도 하다. 아픈 어머니는 맏아들이 보내온
가자미를 보고 입맛을 다신다. 평소와 달리 생선꾸러미
를 보고 '먹고 싶다'며 조르는 어머니의 행동에, 인경 부부
는 난처해한다. 그러나 "가자미 한 마리는 한 끼에 다 먹
게 되지만 장마당에 내다 팔면 쌀 3kg의 값을 받을 수
있다"는 사실은 가족 모두로 하여금 뜻을 모으게 만들기
충분하다. '제대로 된 값'을 받아내기 위해, 인경은 도시
로 향한다. 조금이라도 늦으면, 귀한 "문어와 가재미"의
상품 가치는 사라질 것이다. 인경은 차표도 구하지 못했
지만, 서둘러 기차에 탑승한다.

한편, 설송아의 「평양-신의주 로또행 열차」는 여성 사
업가 진옥의 이야기를 담아낸 소설이다. "전기가 없으니
철교 불빛마저 분단된 것"이라는 진옥의 감상은 지긋지
긋한 배고픔의 문제와 연관된 것이다. 진옥은 다양한 종

류의 상거래 행위를 통해 '먹고 살기'를 해결해왔다. 물론
그 과정이 순탄치는 않았다. 북한 사회에서 여성이 밀매
업에 종사한다는 것은 몇 겹의 방패를 뚫어야 하는, 결코
쉽지 않은 일이다. 예컨대, 다음의 인용문은 진옥이 검사
와의 '딜'을 위해 마련한 술자리를 묘사한 부분이다.

  "여자가 어디서 술 배웠어?"
  "술 마시는 데 무슨 여자고 남자고 있습니까…"
  퉁명 절반 애교 절반 그녀가 말했다. 술이라는 게 뭐
  남자 상징인가. 아무튼 맥을 추지 못하면서 남자라고
  생겼으면 짐꾼이든 간부든 여자를 대놓고 무시하니,
  남자는 하늘 여자는 땅이다.

  물론 위와 같이 대꾸하면서도, 진옥은 결코 검사의 기
분을 상하지 않게 대응할 줄 아는 스킬을 지닌 사업가다.
사실 이 술자리는 "흔하디흔한 뇌물총화"다. 이는 사업
에 관해서라면 남다른 수완을 발휘할 줄 아는 진옥의 면
모를 보여준다.
  이 소설의 핵심적인 사건은 진옥이 수의사인 삼촌에게

소고기를 받아 몰래 판매하는 과정에서 발생한다. 진옥의 설명에 따르면, 소고기를 다른 지역으로 이동하는 것은 북한에서 금지사항이다. 때문에 사람이 직접 기차를 타고 이동하여 나르는 수밖에 없다. 그런데 "평양-신의주행 열차"는 자꾸만 지연된다. "냉동한 소고기가 녹으면 어쩌나"하는 걱정에 진옥은 마침내 삼촌을 만나자마자, 재빠르게 뛰어가 배낭부터 눌러본다.

"한 시간은 일 없을 걸..열차가 더 연착되면 문제지만 말이야…"

삼촌이 말했다. 소고기는 이미 물렁하게 녹았다. 열차가 한 시간 내 평양 도착하면 파는 데는 문제없다는 말이었다. 왈가불가할 시간이 없다. 진옥은 삼촌에게 소고기 가격을 지불하고 열차에 올랐다.

진옥이 소고기를 옮기는 과정에서, 자연스럽게 '평의선'에 관한 정보를 나열하는 것은 이 소설의 특징이라 할 수 있다. 이를테면 왜 '평원'에는 기차역이 없는지, 그래서 평원에 살고 있는 삼촌이 어째서 진옥을 '어파역'에서 기다

릴 수밖에 없는지 등의 문제는 해당 지역의 지정학적 특
이성과 맞닿아있는 것이다. 또한, 이 소설은 북한의 전기
공급 상황을 보여주기도 한다. 갑작스레 정차한 기차, 멈
춰버린 아파트 승강기 등은 전기가 부족하기 때문에 나
타난 현상이다. 이는 신속히 물건을 옮겨야 하는 진옥에
게 피해를 입힌다. 게다가 평양역에서 보안원이 여행 증
명서를 검사하겠다고 나서는 바람에 또 추가로 시간을
지체하게 되면서, 결국, "비싼 소고기는 한물" 가버리고
만다.

　요약하자면, 김정애의 「기나긴 하루」와 설송아의 「평
양–신의주 로또행 열차」 모두 인간을 이용한 운송 과정
을 묘사함으로써, 북한 철도 시스템의 일면을 보여준다.
특히 두 소설 속 여성 인물들은 여성이기에 더욱 어려운
상황에 처하기도 하며, 이들이 옮기는 물품이 '냉동 물질'
이라는 설정은 문제적 측면을 부각하는데 효과적인 역할
을 한다.

　더 눈여겨볼 점은 「평양–신의주 로또행 열차」의 결말부
이다. 이상하게도 진옥은 "냉동한 소고기"가 다 녹아 못
쓰게 되었음에도, 화가 나지 않는다. 오히려 진옥은 자신

의 머리가 '야망으로 꿈틀'대는 것을 느낀다. 평양-신의
주행 열차 안에서, 그녀는 새로운 계획을 떠올린다. 이때
진옥이 구상하고 있는 '디젤유기관차'는 일종의 VIP고
객전용 상품/서비스다. 그렇지만 이 열차의 의미를 그저
'북한 사회에 도입된 자본주의'로만 읽어내기만 한다면
어쩐지 아쉬움이 남을 것 같다. 새로운 사업 시작에 앞서,
"철길 위에 달리는 '나의 열차'를 상상"하는 진옥의 모습
에 주목해 보자. 여기서 진옥이 내세우는 고용방침은 이
소설에서 가장 인상적인 지점이다. 진옥은 "'성분이요 가
정토대요 충성심이요' 이런 잡다한 것들을 모조리 배제"
한 고용 체제를 마련하겠다고 재차 강조한다. 그렇다면
사업가로서 진옥이 꾸는 꿈은 '어떠한 조건과 상관없는
노동의 기회'에 대한 욕망이 투영된 결과물이 아닐까. 진
옥이 기획한 '새로운 열차'가 출발하는 것으로 이야기는
마무리된다.

　여기에 실린 소설들은 남성성을 통한 가부장 체제 붕
괴 이후의 북한을 보여준다. 이 소설들을 읽는다는 것은
우리와 가장 가깝고도 먼 장소를 바라보는 일이기도 하

다. 따라서 마지막으로 『경의선 소설집: 신의주에서 개성까지』를 먼저 접한 독자로서 오랫동안 곱씹어보게 된 「평양-신의주 로또행 열차」의 한 장면에 관하여 말해보고 싶다. 압록강 너머에서 진옥이 있는 쪽을 바라보는 중국 관광객들이 사진기로, 핸드폰으로 정신없이 신기하다는 듯 '이쪽의 모습'을 담아가는 장면이다. 외부의 관광객들에게는 강기슭에서 빨래하는 여인, 자전거 타고 가는 남자 등 '이쪽의 생활'이 렌즈를 확대해가면서까지 구경할 대상으로 여겨진다. 그런 관광객들의 모습을 보며 진옥은 쓸쓸하게 술잔을 기울인다. 이 장면을 구태여 다시 짚어보는 것은 여기서 묘사되고 있는 '너머에서 바라보기'라는 문제가 곧 이 소설집을 읽는 행위와도 겹쳐질 수 있기 때문이다. 『경의선 소설집: 신의주에서 개성까지』는 우리가 직접 바라볼 수 없는 북한의 사회상, 특히 경의선을 둘러싼 삶의 모습들을 다각도로 재현하고 있다는 점에서 귀중한 작업물이다. 하지만 잊지 말아야 할 것은 이를 '어떻게 바라볼 것인가', '바라본다는 것은 어떤 의미를 지니는가'와 같은 고민이 병행되어야 한다는 점이다. 그러므로 이 책은 독자들을 향해 조심스레 던져보는 질문 그

자체이기도 할 것이다. 지금 이 글을 읽는 당신에게 경의
선은 어떤 장소냐고. 당신에게 북한은 어떤 의미냐고.